浮世絵宗次日月抄

任せなせえ

上

新刻改訂版

写真・文／編集部

その昔**今小町**《いまこまち》と称されし私《わたくし》にとって清流**大堰川**《おおいがわ》
は忘れ得ぬ**彼**《あ》**の御方**《おかた》そのもの。丸石が美しく乱れ
る水辺ではその方《かた》の面影《おもかげ》がいつも遊んでいて。

川面《かわも》に漂う紅葉《もみじ》を指し胡蝶《こちょう》と化した其方《そなた》のようだと木橋《きばし》の上で私《わたくし》を抱き寄せた彼《あ》の剣士《ひと》に誓い我《わ》が身に宿りし**やや**と私《われ》は幸せにならねばと。

哀《かな》しく嫁ぐ日を控え彼《あ》の御《お》方《かた》と熱く激しく結ばれし夕焼空の下の**小さく尊い社**《やしろ》はいつお訪ねしても厳《おごそ》かでやさしく、逞《たくま》しく育ちたる我が愛する息《そく》の父誰《だれ》たるかを証《あか》す秘《ひ》の場所《ところ》なれば。

ちょいとお仙《せん》さん聞いたあ？
鷹野《たかの》家の男前の御殿様
いよいよ武徳会の剣術試合だってよ……。
聞いたわよう。
相手は信河《しながわ》和之丈《かずのじょう》とかいう嫌《や》な奴。
先程も其処《そこ》の店先で若い娘と
チャラチャラしてたわさあ。

新刻改訂版

任せなせえ(上)

浮世絵宗次日月抄

門田泰明

祥伝社文庫

目次

任せなせえ　第一部　5
夢と知りせば〈一〉　243

任せなせえ　第一部

一

誰や彼やの声が頭の中で入り混じっていた。怒鳴《どな》るような声のようでもあり金切り声のようでもある。それが次第に頭から耳へと近付く感じがあって、更に眼の前ではっきりと聴き取れ、浮世絵師宗次《そうじ》は目を覚ました。

「うるせえなあ。一体《いってえ》何事だい」

呟《つぶや》いて目をこすりながら、宗次は薄布団の上に体を起こした。

猫の額《ひたい》ほどの庭との間を仕切っている一間《けん》幅の障子には眩《まぶ》しいほどの日が当たっている。

あ、真っ昼間に寝ていたんだと気付いて、宗次は立ち上がり障子を開けた。

庭で何かを啄《ついば》んでいた雀《すずめ》が二羽、驚いて飛び去っていく。

昨日《きのう》は朝の早くから日本橋《にほんばし》の大店《おおだな》で酒味噌《みそ》醬油《しょうゆ》問屋の「松坂屋吉兵衛《まつざかやきちべえ》」方《かた》で、襖《ふすま》四枚に「睡蓮《すいれん》と山鶯《やまうぐいす》」の仕上げに打ち込んでいた宗次だった。霞《かすみ》漂う初夏の小山。その湖沼《こしょう》に咲く睡蓮とその花にとまって小首をかしげている山鶯を描いた絵だ。

出来上がったのは今日の午ノ刻《うまこく》正午前で、それから帰宅して寝床に入ったのだ。

そして、この外の騒ぎ。

どうやら貧乏長屋——八軒長屋——の前の通り鎌倉河岸《かまくらがし》を、東から西へ向かって幾人もが駈《か》けている様子だった。

「喧嘩《けんか》でもやってんのかえ」と、宗次はさして関心なさそうに思いっ切りの欠伸《あくび》をした。

が、次の声を耳にして宗次の欠伸が途中で止まった。

「あっ、年寄りの方が斬られた」

「こりゃ駄目だ、あの娘さん、女にしちゃあ身丈はあるが、とても一人じゃあ勝てねえ」

「相手は相当に強そうだぜい」

「なんとかならんのか、誰かよう」

宗次は雪駄《せった》を突っ掛け外へ飛び出すと、表通りに向かって溝板《どぶいた》を激しく踏み鳴らした。

長屋からすぐ先、宗次が毎日のように酒の世話になっている居酒屋「しのぶ」の前辺《あた》り、そこに人だかりがあった。

「どきねえ、どきねえ。私《あつし》にも見せてくんない」

「あ、宗次先生」

人だかりが裂けて、宗次は騒ぎの前に出た。

次の瞬間、宗次は足元の石礫《いしつぶて》を素早く拾い上げ、投げつけていた。

三十半ば過ぎに見える身形《みなり》正しい侍の振り下ろす刃《やいば》が、今まさに十八、九と思われる娘の頭を斬り砕こうとする直前だった。

石礫は侍の頰《ほお》に見事に当たるかに見えた。が、なんと娘に対する刃の向きを変えた侍は、ほとんど慌《あわ》てる事もなく鍔元《つばもと》で石礫を防ぎ落とした。驚く程の余裕を見せて。

「勝負はついた。この人だかりの中だ。刀を納めて下せえ御侍様」

宗次は足早に娘に近付き、その脇に立って相手に軽く腰を折った。

娘は、まだ懐剣《かいけん》を身構えてはいるが、青ざめた今にも泣き出しそうな顔で侍の足元そばに倒れてピクリとも動かぬ老侍を見つめている。

「お前様も刃を引きなせえ。事情は知らねえが、お前さんじゃあ歯が立たねえ相手だ」と、宗次は娘の整った横顔を見つめた。

「嫌じゃ。此処《ここ》で……此処でこの卑劣侍《ひれつざむらい》を見逃したなら……」

「卑劣侍？」

宗次は娘の横顔に向けていた視線を、改めて侍へ戻した。

侍は黙って刀を納めた。鍔を鳴らすような納め方ではなかった。静かにゆっくりと鞘《さや》に納めた。その様子だけで宗次には、相当な手練《てだれ》、と判った。並の腕ではないと。

それに卑劣侍を思わせるような容姿ではなかった。大変な男前だ。背丈にも恵まれている。五尺七寸はある宗次と殆《ほとん》ど変わらない。

宗次は人だかりの方へ振り向いた。

侍が宗次の背中を睨《にら》みつけてから、ゆっくりとした足取りで去ってゆく。

「すまねえが誰か大八車を頼まあ。俺ん家《ち》の薄布団を敷いてな。それから誰かもう一人よ、湯島《ゆしま》三丁目の柴野南州《しばのなんしゅう》先生まで一足先に走ってくれ。深手《ふかで》を一人運び込むからとな」

「よっしゃ」

「判った」

と、二、三人が人だかりをかき分け、離れていった。このあたりが鎌倉河岸江戸っ子の俊敏さだ。

まだ懐剣を手に立ち尽くしたままの娘をそのままにして、宗次は血の海を広げつつある老侍に近付き腰を下げた。

「こいつあ、まずい……」

助からぬかも知れねえな、と宗次は思った。老侍の顔はすでに土気色《つちけいろ》だ。

このとき「宗次先生よ、これ役に立つかえ」と後ろで嗄《しわが》れた女の声がした。

宗次が振り向くと、八軒長屋で筋向かいに住む屋根葺《ふ》き職人久平《きゅうへい》の女房チヨが、焼酎《しょうちゅう》と巻き晒布《さらし》を手にして立っていた。

「ありがてえ。手伝ってくんないチヨさん」

「あいよ」

宗次はチヨを右隣に置いて手伝わせ、老侍の胸に斜めに走っている傷口を焼酎で洗って、晒布を胸にきつく巻きつけた。晒布が盛んに用いられるようになったのは江戸時代だが、養老《ようろう》の頃（七〇〇年代）には既に存在している。

ようやくのこと、懐剣を手にしたままの娘が、宗次の左横にしゃがんだ。

「懐剣をしまいなせえ」

穏やかな優しい声で宗次に言われて、娘は小さく頷《うなず》いた。

「斬られたこの御侍は、お前様の御父上ですかい？」

「爺《じい》じゃ」

「爺？」と訊《き》き返した宗次であったが、すぐに「助からねえかも知れやせん」と言葉の流れを外した。

老いた侍を指して「爺」と言うには、身分高き女性《ひと》かも知れない、と判断したからだ。つまり「爺」は従者か、という事になる。

「あの卑劣侍、絶対に許さぬ。必ず討ち倒してやる」

その物言いに、どこかまだ幼さがあるとでも思ったのか、チヨがじっと娘の横顔を見つめた。

「礼を言うぞ。爺が世話になったたな。そなたの名は？」

「私《あつし》は浮世絵師の宗次、この人は……」と、右隣のチヨに少し視線を流してから、「私《あつし》の家の筋向かいに住む、チヨさんて言いやす」と付け加えた。

チヨが娘に軽く頭を下げてから、「宗次先生、そいじゃこれで私《あたし》は……」と腰を上げた。

「おう、すまなかったな。大助かりだったよ」

「なんぞあったら、また声かけとくれ」

「うん」

チヨが人だかりの中へと消えていった。

「どいた、どいた……」と大八車が人だかりを裂き分けて、宗次の後ろで止まった。引いてきたのは、八軒長屋口に住む蜆《しじみ》売りの仁平《にへい》と、その一軒あけた隣の手遊び売りの喜助《きすけ》だった。手遊びとは、玩具の意である。要するに竹や稈《わら》、細木などで作られた、おもちゃ売りであった。この時代から下るにしたがって竹・細木細工《ざいく》などのおもちゃは更に工夫をこらされて、多彩な広がりを見せてゆく。

「よ、仁平さん、喜助どん、すまねえな。ともかく急ぎ柴野南州先生まで運んでくんない」

「引き受けた」

仁平と喜助は、宗次によって応急の手当を済ませた老侍を、大八車の上に敷いた宗次の薄布団の上に、用心深く横たえた。

どうやら、出血は止まっている。

「容態《ようだい》を恐れてゆっくりと運んでいる余裕はねえんだ。いいから思い切り駈けて南州先生に一刻も早く届けてくれるかい。幸《さいわ》い此処《ここ》からは近《ちけ》えんだ」

「合点《がってん》でい」

仁平と喜助は大八車を引いて走り出した。

その後を追おうとする娘の腕を、宗次は摑《つか》んだ。

「今さら慌てても仕方がねえ。私《あっし》が診療所まで案内しましょうから、とにかく気持を鎮《しず》めなせえ」

「落ち着いてはおれぬ。私にとっては大事な爺だ」

「酷《むご》いことを言うようだが……爺や様はたぶん診療所までは持ちますまい。柴野南州先生はオランダ医術を心得た江戸でも三指に入る腕のいい外科医だが

「……それでも救えますまいよ」

「駄目……なのか」

「たぶん」

娘は肩を落とし、また泣き出しそうな顔になった。

宗次は女としては身丈に恵まれている娘の姿形《なり》を改めて眺めた。髪は少し乱れてはいるものの、吹輪《ふきわ》髪を結《ゆ》い、小袖《こそで》を着て懐剣を所持しているところから、武家の娘に相違ないか、と思った。が、旅の途中のようであるから、この姿形《なり》だけで娘の家の「格」を想像することは難しかった。大名や大身《たいしん》旗本家の息女の日常は、吹輪髪に小袖でも珍しくないし、元服前の若さだと高島田《たかしまだ》髪を結うこともある。こういった姿形《なり》は奉行所与力の息女の日常でも不自然ではない。

宗次と娘を取り囲んでいた人だかりは騒ぎが鎮まった場から急速に消え去って、その跡に仁平と喜助の商売道具が投げ出されたままになっている。時分時《じぶんどき》をかなり過ぎてはいたが、小腹が空いて茶漬でも食べようと八軒長屋へ戻ってきた仁平と喜助だったのであろうか。

「片付けておくから大丈夫だよ先生」

人だかりの中にいた八軒長屋の納豆売りの女房ヨシが、仁平と喜助の商売道具——天秤棒《てんびんぼう》の両端に木箱や竹編みザルをぶら下げたもの——を指差して頷《うなず》いた。

「頼まあ」と、宗次は軽く右手を上げ頷き返して見せた。

「さ、行きますかい娘さん」

「遠いのか」

「なに、直《す》ぐ其処《そこ》でさあ」

宗次に促《うなが》されて娘は力なく歩き出した。

「一つ二つ訊《き》いてよござんすかい」

「見知らぬ町人に話すことなどはない。爺が世話になったことには心から礼を言うが」

「ま、そう仰《おつしや》らずに……で、何処《どこ》から御出《おいで》なさいましたので」

「京《みやこ》じゃ」

「それはまた遠い所からですねい。それにしては、話し様《よう》に京 訛《みやこなまり》が全く窺《うかが》

は
「京《みやこ》育ちじゃからと言うて、京《みやこ》言葉しか話せぬというような教育を受けてはおらぬ」

「こ、これはどうも御無礼を」と、宗次は頭の後ろに手をやった。

「爺や様を斬った先程の卑劣侍てえのは、きちんとした真っ当な着衣から見て、浪人には見えやせんでしたが」

「………」

「あの卑劣侍について、少《すこ》うし打ち明けて下さいやせんか」

「その方《ほう》は目明しか?」

「いえ、浮世絵師の宗次とはじめに申しやした」

「宗次……宗次殿と申したな」

「へい」

「浮世絵師の宗次殿……京《みやこ》でも聞いたことがあるような、ないような」

「世に言う仇討《あだう》ちでござんすか」

「その方、この江戸では売れっ子の浮世絵師か」

「いえ、まだ駈け出しでござんすよ、へい」

「浮世絵師宗次……確かに京でも……聞いたことがあるような」

「そうですかい。で、仇討ちで江戸へ？」

「京で浮世絵を描いたことは？」

「いえ、ございません。近いうちに京を訪ねたいとは思っておりやすが」

「そうか京へ行く積もりはあるのか。いい所ぞ、京は」

「それで、卑劣侍とやらは、仇《かたき》でございますので？」

「今は話せぬ。話しとうない。ましてや、赤の他人の其方《そなた》になど」

「そうですかい……判りやした。とにかく急ぎやしょう」

宗次は足を速めた。

二

翌朝巳《み》ノ刻昼四ツ（午前十時頃）、八軒長屋の宗次の部屋で、件《くだん》の娘は打ち萎《しお》れていた。

いま宗次と娘の間にあるのは〝爺〟の遺品、路銀の残り二十三両二分、御世辞にも名刀とは言えそうにない大小刀、それに固く封をされた一通の書簡らしきものだけだった。遺髪は無い。

宗次と娘は今し方、八軒長屋に戻って来たところであったが、柴野南州診療所へ着いた頃から今の今まで、娘は一言も口を利かなくなっていた。涙すら流さない。

爺こと老侍は、柴野診療所に運び込まれたあと、なんと翌八ツ半（午前三時頃）まで弱弱しいながらも呼吸を続けていた。

さすが名外科医柴野南州の治療であった。

老侍——今以《もっ》て名前は判らない——の遺骸は柴野診療所そばの小寺無糧寺《むりようじ》に埋葬されたが、なにしろ娘が口を利かないものであるから戒名《かいみよう》も無く、埋葬されただけで終っている。

住職の了念《りようねん》和尚と宗次は知らぬ仲ではなかったが、「ま、娘さんの気持が落ち着いてから改めて……」ということになっていた。

宗次は胡座《あぐら》を組み、娘の整った顔を見つめるだけだった。

爺を失い衝撃を受けて混乱しているであろう娘の気持を思うと、口を開いてくれるのを待った方がよいと考えた。

二人とも、まだ朝飯を食べていない。

「とうふうい、とうふー」

長屋の表通りを行く豆腐売りの声が聞こえてきた。宗次にとっては聞き馴《な》れた、澄んでよく通った若い豆腐売りの声だった。

宗次は黙って立ち上がると、猫の額《ひたい》ほどの庭との間を仕切っている障子を開けた。

秋の日が部屋に射《さ》し込み、娘の体を包んだ。

ひと呼吸遅れて、少し冷えた空気が流れ込んできたが、それはたちまち日差しと混じり合って晴れた秋の温《ぬく》もりとなった。

宗次は無言のまま障子柱にもたれ、くの字に立てた膝《ひざ》を両手で抱えた。

塀柱と塀柱を結んでいる日当たりよい長押板《なげしいた》の上で、納豆売りの女房ヨシが飼っている猫が、気持よさそうに腹這《はらば》いになっている。

ときに宗次の部屋で一晩か二晩、泊まっていくこともある猫だ。名前はべつにない。

「ニャオー」

猫が欠伸《あくび》ついでに鳴いた。

すると――。

庭に背を向けていた娘が、振り向いた。かなり勢いをつけた、ハッとしたような振り向き様《よう》だった。

宗次は猫と娘を見比べたが、矢張り黙っていた。

娘がなんと宗次のそばにやって来て座り、長押板の上の猫を見つめた。

ようやく宗次は、娘に声を掛けた。

「猫が好きでござんすか」

「置いてきた。心配じゃ」

「置いてきた?」

「京《みやこ》の屋敷へ置いてきた」

「さいでしたか。誰か世話をする人は?」

「爺の女房フキが一人でいる。じゃがフキは病弱で床《とこ》に就《つ》くことが多いので心配じゃ。猫のことも、フキのことも」

「そうでしたかい」

「ネルという」

「え？」

「ネルという名じゃ」

「猫の名？」

「うん」

「ネルとはまた……妙な名ですねい」

「寝てばかりいる。一日中……」

「あ、なある……」

頷いて少し微笑《ほほえ》んだ宗次だったが、それ以上のことは訊かなかった。「爺の女房フキが一人でいる」ということは、京《みやこ》の屋敷とかには他に家族住人がいないようにも受け取れる。

その辺りに、卑劣侍を追って旅に出た理由《わけ》があるのやも、と瞬時に宗次は想像し、深追いの問いかけは避けたのだ。

「宗次殿……」

「へい」

「爺はあれに何を書き認《したた》めたのであろうか」

娘は老侍の遺品の一つである封書へ、視線をやった。

「見当はつきませんので？」

「つかぬ」

「私《あっし》でよければ読んでみやすがね。あ、いや、矢張りお前様ご自身の目で読んだ方がいいかも知れやせん。うん、その方がいい」

「宗次殿は読み書きが出来るのか」

「なんとか出来やす」

「では読んでみておくれ。私は何だか読むのが怖い」

「判りやした」

宗次はもたれていた障子柱から離れた。

娘は日溜《ひだ》まりから動かなかった。

宗次は差出人も受取人も書かれていない封書の糊付《のりづ》けされている部分を、亡くなった老侍の小刀の鞘の外側に装着されている小柄《こづか》を用いて用心深く切り剝《は》がした。

中から取り出した、幾重にも折りたたまれたものを宗次は開いた。

目を通した浮世絵師の表情が、その途端に動いた。

娘が不安そうに宗次の顔を見つめる。

読み了《お》えた宗次は、小さな溜息《ためいき》を吐《つ》いてから、目の前のまだどこか幼さを残している美しい娘と目を合わせた。

「読まれますかい」と、宗次の口調が少し改まっている。

「読みとうない。何が書かれてあるのかだけ知りたい」

「亡くなられた爺や様……いや、書状で山井与衛門《やまいよえもん》様と知りやしたが、その山井様からこの書状のことは聞いてなさいませんので？」

「聞いておらぬ」

「そうですかい」

宗次は書状を元の通りにゆっくりと折り畳んだ。

「この書状は、京都所司代《しょしだい》戸田山城守忠昌《とだやましろのかみただまさ》様から江戸の町奉行宮崎若狭守重《みやざきわかさのかみしげ》成様《なり》に宛てた、〝二人をひとつ宜敷《よろし》く頼みたい〟という内容のものでございやして、お二人のご身分ご素姓《すじよう》を証するものでございやす」

「そうであったか。私はその手紙の存在については、爺から何も聞かされてはおらぬ」

「あなた様は、京の八〇〇石公家《くげ》宮小路《みやのこうじ》家の御息女高子《たかこ》様十五歳。そうでございやすね」

「そうじゃ」

「失礼ながら、も少し大人に、十八、九いや二十《はたち》くらいに見えなくもありやせんが、間違いなく十五歳でござんすね」

「無礼ぞ、宗次殿」

「こ、これはどうも。大事なことなので、つい念を押してしまいやした」

「十五じゃ……絶対に」

「そして亡くなられた爺や様は、宮小路家で長く学問教育掛《がかり》を務めてこられた三十俵二人扶持《ににんぶち》の武士山井与衛門様六十六歳で間違いございやせんか」

「その通りじゃ」

「お二人が卑劣侍を追って京を発《た》たれたこと、この浮世絵師宗次ただいま委細承知致しやした」

宗次は折り畳んだ書状を、宮小路高子の前にそっと置いた。

だが高子は首を横に振った。

「この手紙、宗次殿が持っていておくれ」

「私《あっし》がですか……しかし、これは非常に大事な書状でありやすから……」

「宗次殿が持っていておくれ。高子は持っていとうない」

まだ十五歳——と本人が言い張る——娘である。八〇〇石公家の息女として学問教養は充分に積んでいるのであろうが、宗次にとってはいささか迷惑な高子の依頼の言葉であった。

「うーん。私《あっし》が持っていてもよい、という物《もん》じゃありやせんがねえ」

「高子が、よい、と言っているのじゃから」

「そうですかい。そいじゃあ暫《しばら》く預かっておきやしょうか」

宗次は手紙を手に立ち上がると、箪笥《たんす》の上から二番目の引き出しへそれをしまった。

「ここに入れやしたからね」

「はい」と、高子が頷く。その「はい」の言葉の響きにも頷き方にも、なるほど幼さに似たようなものが残ってはいた。

宗次は高子と向き合う位置に戻って相手の整った顔を見た。

「さてと、これからどう致しやす高子様」

「卑劣侍……尾野倉才蔵《おのくらさいぞう》と早く立ち合いたい。爺の仇《かたき》も討ってやらねばならぬ」

「御奉行宮崎若狭守重成様のお力を借りなすったら如何《いかが》です。所司代様の書状もありやすしね」

「いや、所司代の書状などに頼りとうない。嫌なのじゃ」

「それはまた、どうしてでござんすか」

「嫌だから、と言うておる」

「嫌……ねえ」

「じゃから宗次殿、そなたが手伝っておくれ。所司代や奉行とはかかわり合いとうない。京の公家たちは幕府から生活のための禄《ろく》を与えられて飼い殺しにされているのと同じじゃ、と侍共は陰で言うて笑《わろ》うておる。意地でも侍の世話にはなりとうない」

「なるほど……」

　宗次は腕組をした。

「武家でない」京の公家たちの殆《ほとん》どは江戸幕府の政治《まつりごと》には「参画」の機会も「参与」の機会も与えられていなかった。いわゆる無職遊離と称してもよい立場へと追い込まれている。が、そのままでは朝廷を中心として公家たちの間に不満がくすぶり不穏な動きに結び付きかねない。そこで幕府は公家たちに対し、その家格に応じて「生活禄」を支給していた。

　八〇〇石を与えられている宮小路家は、幕府直参《じきさん》旗本で言えば二十二家前後しか存在しない、〝中堅の上級〟に該当し、これはもうこの時代に於《お》いては大変恵まれていると言えた。

　幕府職制で見れば、老中麾下《きか》の大番組頭《おおばんくみがしら》あたりの禄である。

　多くの公家は今、決して豊かではない暮らしに追い詰められていると言っても過言ではなかった。

公家としては上流に位《くらい》するとも言える宮小路家で、一体、何があったというのか？

「判りやした」

腕組をして暫く無言だった宗次は、頷いて腕組を解くと「如何《いか》ほどの事が出来るか判りやせんが、御手伝い致しやしょう」と表情を和《やわ》らげた。

「そうか、手伝《てつど》うてくれるか。高子は嬉しいぞ」

宮小路高子の京の公家にしては彫りの深い顔から、それまでの暗さが消えた。

「先《ま》ず、今日からの住居《すまい》を決めねばなりやせん。さてと、何処に致しやすか」

「高子は此処でよい。宗次殿と一緒でよい」

「此処は駄目でござんす。へい。駄目です」

「なぜじゃ。高子は料理も掃除も、ちゃんと躾《しつけ》られておる。それに自らの事は自分で出来るぞ」

「いや、そういう事ではありやせんので」

「ならば、どういう事じゃ」

このとき表戸の向こうで「宗次先生、いいかえ」と控え目な嗄《しわが》れた声がした。

筋向かいに住む屋根葺き職人久平の女房チヨの特徴ある声だった。

「構わねえよチヨさん。入んねえ」

「失礼しますね」というしおらしい言い方をしつつ、チヨが入ってきた。宮小路高子がこのボロ家にいる事を知っている者の言い方だ。

「何も食べていないんじゃないかね先生」

「うん、その通りなんだ。すまねえが朝飯を二人分頼まれてくれねえかな」

「いいかしらねえ。豆腐の味噌汁と目刺《めざ》しと夕べ煮た大根の残りものくらいしかないけんど」

「上等でえ」

「駄目だったんだってね斬られた御侍様。たった今そこで、手遊び売りの喜助さんから聞いたんだけど」

「駄目だった。南州先生はよく手を尽くして下さったよ……喜助さんも仁平さんも仕舞《しまい》まで付き合うてくれてよ。二人とも眠くて今日は商売にならねえだろうに」

「威勢よく二人とも、商売に出かけましたよ。そいじゃあ先生、直《す》ぐに膳を持ってくるから。玉子焼でも付けましょうかね」

「すまねえ」

チヨは宮小路高子に向かって丁寧に腰を折ると、いそいそとした感じで外へ出ていった。京の上流公家宮小路家の息女、とまだ知っている筈《はず》のないチヨであったが、普通でない高子の印象から「どこかのお姫様……」とでも感じているのだろうか。

「誰彼にすっかり迷惑をかけてしもうたようじゃ。どうして礼をすればいいのかのう」

そう言って高子は肩を落とした。

「この貧乏長屋の連中は、礼を目当てに親切心などチラつかせたり致しやせんよ。有難う、申し訳ない、の言葉だけで充分でさあ」

「それだけでいいのか。金子《きんす》を払わなくてもよいのか」

「金なんぞを払おうとしたら軽蔑《けいべつ》されやすぜ」

「軽蔑……」

「へい、軽蔑」

「爺を埋葬してくれた無糧寺へも何の礼の意をも表しておらぬぞ。どうすればよいのじゃ」

「まあ、無糧寺のことは私《あっし》に任せておくんなさい。心配ござんせんよ」

宗次は住職の了念和尚から、いつだったか金堂の真新しくした襖《ふすま》に菩薩《ぼさつ》像を描いてほしいと頼まれていた。それを無代で描けば、無念の死を遂げた老侍の供養にもなろうと考えている。そう思いついたのは、つい今し方のことだ。

「爺の死を高子は、帰りを待っているフキに、どのように伝えればよいのじゃ」

「山井与衛門殿は高子様と旅に出たときから、恐らく死を覚悟しておられた筈。女房フキ殿にも、そのように伝えて京を離れたと思いやすがね」

「そうかのう」と、高子は目を潤《うる》ませた。

「高子様は与衛門殿から色色とすばらしい教えを受けたのでありやしょうねえ」

「高子にも厳しかったが、殺害された我が父と母をも、与衛門はよく諫《いさ》めておった。遠慮がなかった。不思議なことに父も母も、与衛門の言うことにはよく耳を傾けておったなあ」

「国に諫《いさ》める臣《しん》あらば其国必ずやすく……」

「平家物語の中の言葉じゃろ。宗次殿は町人なのに、そのような言葉を知っておったのか」

「上の者の言動に対し、己れの命の危険をものともせずに厳しく諫める臣がいればその国は安泰である……という意味でござんすね。上流公家宮小路家も与衛門殿の忠義によって長く栄えてきたのでござんしょうねえ」

「うん、宮小路家に対する爺の貢献は大きかったと思う」

そこへ屋根葺き職人の女房チヨが、「開けますよう」と、食事の膳を手にして入ってきた。

「先生のは直ぐに持ってくるからね」

チヨはそう言いながら上がりがまちに腰を下ろし、食事の膳を高子の方へそっと滑らせた。玉子焼がまだ湯気を上げている。

「お口に合いますかどうか」と、チヨが日頃つかい馴れていない言葉を用いた。

「ありがとう。頂戴いたします」

チヨは少し強張《こわば》った顔にはにかんだ笑みをつくって出ていった。

「食べて御覧なせえ。何てことのない料理だが、チヨさんが作るものの味は飯も味噌汁も漬物も格別だから」

「はい」と、子供のように小さな頷き方を見せて、高子は箸《はし》を手にした。

「食べ終えたら、ちょいと出かけやしょう」

「出かける？　どこへじゃ」と、高子は手にしたばかりの箸を膳に戻した。

「まあ、とにかくゆっくりと食事をとりなせえ。危ない所、変な場所へは決して連れてゆきやせんから」

「わかった。宗次殿がそう言うなら」

高子はまた箸を手にすると、それを両手の親指と人差し指の間に渡して合《がっ》掌《しょう》した。育ちの良さが、その合掌に出ているのを、宗次は見逃さなかった。

三

宗次は高級料理茶屋「夢座敷《ゆめざしき》」の裏木戸の前に立つと、「此処でござんす」と、宮小路高子を見た。

「此処？……此処がどうしたのじゃ宗次殿」

「高子様が暫くの間、逗留《とうりゅう》なさる所でござんすよ」

「えっ？　なぜ高子が此処で逗留するのじゃ、高子は宗次殿の荒屋《あばらや》がよい。高子は戻るぞ」

「私《あっし》が困りますんで。京のお公家さんの姫様に、独り住まいの私《あっし》の長屋に転がり込まれるのは」

「宗次殿は高子のような女は嫌いか」

「嫌いとか好きとかの問題じゃございませんので。此処は江戸でも一、二と言われている高級料理茶屋でしてね。女将《おかみ》は信頼のできる御人《おひと》なんでさ。この裏木戸から入ると、ちょうど女将の離れ座敷がござんす。ま、私《あっし》に任せなせえ。

悪いようにはしやせん」

宗次は裏木戸のからくり錠を開けると、「さ、高子様……」と促した。

仇討ちで爺や様を返り討ちにされ一人残された哀れな娘をこれから連れて行く、ということは既に八軒長屋の若い者に走って貰《もら》って、夢座敷の女将幸《こう》へは伝え済みだった。

京都所司代から町奉行に宛《あ》てた書状の内容については〝封印〟のままである。

高子は恐る恐る裏木戸を潜《くぐ》ったが、明るい日差しが射し込むきちんと手入れされた庭を見て表情を緩《ゆる》めた。紅葉が色づき始めている。

が、高子はそのあと驚きの表情を見せ、茫然《ぼうぜん》となった。

離れ座敷の障子が静かに開いて、広縁に姿を見せた二十三、四に見える女《にょ》性《しょう》が、やわらかに微笑みつつ三つ指をついて高子を出迎えた。

江戸の男共が、「ひと言でいいから話を交わしたい」「その白雪のような手に指先だけでもよいから触れてみたい」と憧れる「夢座敷」の女将幸《こう》であった。

「小野小町《おののこまち》（平安期の女流歌人）以上じゃ」「いや、さながら楊貴妃《ようきひ》（唐第六代玄宗《げんそう》皇帝の妃《きさき》・七一九年〜七五六年）ぞ」「まるで天女《てんにょ》の生まれかわりだ」と町人のみならず侍、僧侶までが騒ぐ絶世の美女。

その幸の余りの美しさを間近に見て、自身美しい宮小路高子が愕然《がくぜん》となったのだ。

「さ、遠慮のう座敷へ上がらせて戴《いただ》きなせえ」

宗次に肩を軽く押されて、高子は体を硬くし、宗次を見た。

「あの女性《にょしょう》が女将なのか宗次殿」

囁《ささや》き声だったが、その声は幸に届いていた。

「夢座敷の女将幸でございます。何の遠慮もいりませぬゆえ、幾日、幾十日でもお留《とど》まりなされませ」

容姿だけではなかった。幸の声は単に澄んで綺麗《きれい》というものではなかった。名状し難いほど涼やかでやわらかな響《ひび》き、という他なかった。

「宮小路高子と申します。厚かましくお世話になります」

ようやく我を取り戻して、そうと言えた高子であったが、まだ幸を憑《つ》かれたように見つめている。どことなく和人を越えた雰囲気を漂わせる幸の美しさ。

彫り深過ぎず、鼻筋さわやかに品よく通り、やや細く流れる二重《ふたえ》の目は妖《あや》しいばかりに切れ長。肌の色は雪のように白いと言う他なく、しかもなめらかである。

三人は離れ座敷で座卓を挟み向き合った。宗次と高子が、幸と向き合うかたちだった。上座下座の区別ない座り方だ。高子の視線は依然として幸に釘付《くぎづ》けである。座布団を勧めたり茶をいれたりして幸が体を移動させるたび、高子の視線は幸の横顔に吸いついたかの如《ごと》く離れない。

「この女将には所司代から奉行宛ての書状の内容など、全てをはじめから話してえんだが、宜しいかえ」

宗次に訊かれ、「構いませぬ」と、幸を見つめながら答える高子だった。幸のまれに見る美しさに、余程の衝撃を受けている様子だ。

宗次は幸のいれてくれた茶を軽く喉に流して、「いつもうめえな、幸の茶は……」と呟いてから、幸と目を合わせた。

宗次の口から漏れた囁き「幸の茶……」を聞き逃さなかった高子が、「え？」というような目を宗次に向けた。幸、と呼び捨てにしたことが高子の胸にひっかかりでもしたのだろうか。なにしろ、息を止めたくなるほどの幸の美しさだ。

宗次は先ず、居酒屋「しのぶ」そばで生じた卑劣侍尾野倉才蔵との衝突について詳しく幸に打ち明けた。爺や山井与衛門の死に話が触れると、高子はうなだれて大粒の涙をこぼした。

宗次が、溜息を一つ吐《つ》いてから続けた。

「高子様と山井与衛門殿がなぜ、凄腕の尾野倉才蔵と対決しなければならなかったのか、誰一人として知らねえまま野次馬共は騒ぎに呑《の》み込まれていたんだがね……」

「お前様もはじめから騒ぎの中にいらしたのですか」

「いや、私が外の騒ぎに気付いて長屋を飛び出した時にゃあ、山井与衛門殿は袈裟《けさ》斬りにされて既に呼吸《いき》を止めかけていなすった」

「お前様がもう少し早くに居合わせたなら、それほどの悲劇にはなりませんでしたでしょうにね」と、幸が声を落とした。

「うむ……ま、そこが運命てえものなんだが……それは、ま、ともかくとしてだ」

高子は今度は、宗次と幸の顔を見比べるようになっていた。

幸が宗次について「お前様」と言ったことがどうやら気になっているようだった。

それも、優しくやわらかな響きの「お前様」だったものだから、感情複雑な年頃、十五歳だと言う高子には聞き逃せなかったのであろうか。

宗次は高子の視線を捉えて、穏やかに言った。

「もう一度確認いたしやす。所司代より町奉行宛ての手紙について、女将に打ち明けて宜しゅうござんすね高子様」

「一向に差《さ》し支《つか》えない。高子が幾日にしろ女将の御世話になるのであれば、打ち明けた方がよいと思う。それが礼儀でもあろう」

「判りやした」と宗次は頷いて、幸に視線を戻した。

幸のまばゆいばかりに美しい表情が少し改まって、宗次が口を開く。

「ここにおられる京の宮小路家八〇〇石の御息女高子様と、宮小路家の学問教育掛を長く務めてこられた三十俵二人扶持どりの御侍、山井与衛門殿が、仇と狙う卑劣侍尾野倉才蔵を追って江戸へ旅立つ際、京都所司代戸田山城守忠昌様から町奉行宮崎若狭守重成様に宛てた〝二人を宜敷く頼む〟の書状を、山井与衛門殿に手渡されてな」

「という事は、所司代としても尾野倉才蔵とやらの非を認めて放置してはおけぬと御判断なされた訳でございますね」

「尾野倉才蔵は高子様の御両親宮小路仲麻呂《なかまろ》様、葉子《ようこ》様を斬殺し、それを制止しようとした宮小路家の御嫡男《ごちゃくなん》仲比斗《なかひと》様をも殺害して遁走《とんそう》」

「まあ、なんて酷い事を……で、尾野倉才蔵とは何者でございますの」

「飛州松平《ひしゅうまつだいら》家一三万石の京屋敷預かり役筆頭の職にあって、京屋敷家老職の次に実権を握っておったというじゃねえか」

「飛州松平家一三万石と申せば、お前様……もしや」

「うむ。幸の心配的中よ。徳川《とくがわ》家の親族縁者の中でも飛州松平家といやあ、我我のような江戸の下下の者でも名門中の名門と知った家柄」

「そのような名家の京屋敷預かり役の御侍様が、また何ゆえ酷い刃傷沙汰《にんじょうざた》に及んだのでございますか。しかも刀を振るった相手は禄高八〇〇石の御公家様」

「お恵《めぐ》み禄じゃ」と高子の自嘲《じちょう》的な呟きがあったが、宗次も幸も聞こえぬ振りを装った。

「尾野倉才蔵は和歌、書道、茶華道の名家として知られた宮小路家に弟子入りして学ぶうち、高子様の母君葉子様に激しい慕情《ぼじょう》を抱いて姦淫《かんいん》を迫り、同時に高子様へも手を出す気配があったため、日頃は物静かな宮小路仲麻呂様が激怒なさったとか」

「それに対して尾野倉とやらが刃を振るったのですね。なんと恐ろしいこと……それにしても、飛州松平家は名流公家宮小路家に刃を振るった尾野倉をなぜ直ぐに罰せず逃走を許したのでございましょう」

「さあ？　そこのところは、よく判らねえが」

「徳川の名家、飛州松平家の家臣の不祥事は、藩主の責任でもございましょう。二人のことを宜敷く頼む、と町奉行宮崎若狭守重成様宛てに文《ふみ》を書かれました所司代戸田山城守忠昌様は、徳川の一族である松平家に対しても気後《きおく》れなさらぬ立派な御方のようでございますね」

「所司代になる程の御方だ。筋を通す肝っ玉は持っていらっしゃるんだろうよ」

「高子様は幾日でもお預かり致しますけれど、これからについてお前様に何か思案がおありでしたら、高子様にお話し申し上げた方が高子様のお気持が少しでも安まりましょう」

「私《あっし》は一介の浮世絵師に過ぎねえ。尾野倉才蔵はたぶん飛州松平家の江戸屋敷に逃げ込んでいるのだろうが、町絵師が近付ける相手じゃねえよ。思案なんぞ、あったもんでもねえやな」

「でも、お前様……」

「いいのです女将」と、高子が幸の言葉を途中で遮《さえぎ》った。

「これからどう動けばよいか、高子は高子なりに自分で考えます。申し訳ありませぬが幾日か寝泊まりだけさせて下され。金子《きんす》はきちんと払いまする。爺の持っておった路銀の残り二十三両二分に、高子も十五両ばかり持っておるのでな」

「高子様、この幸《こう》は金子を頂戴しようなど露《つゆ》ほども考えてはおりませぬ、ご心配ありませぬように御願い致しまする。あなた様は私の大切な御方からお預かり致します。ここに留まる間は、どうぞ遠慮のう幸に甘えて下されませ」

「大切な御方？……浮世絵師宗次殿が女将の？」

「はい」と、にっこりと微笑む幸の妖しさ美しさに、高子は思わず息をのんだ。

「そうか……そうでありましたか。宗次殿は女将の大切な御方であったか」

高子の言葉は、語尾へ行くにしたがって力を落としていった。

と、宗次が立ち上がった。

「じゃあ、お幸、すまねえが高子様を頼んだぜ。何かあったら店の小者でも八軒長屋へ走らせてくんない。直ぐに駈けつけっからよ」

「承知いたしました」と、幸も立ち上がり、宗次の肩のあたりに付いていた小さな白い糸屑《いとくず》に気付いて、ほっそりとした白い指先でそれを摘《つま》み取った。

高子は、宗次が腰を上げ、続いて立ち上がった幸の白い指先が宗次の肩にゆく一連の自然な動きに、まるで役者絵を見るような素晴らしい麗《うるわ》しさを感じて、ムッと反発を感じた。十五だとか言う歳の反発なのだろうか。

宗次は座ったままの高子に向かって言った。

「高子様。幸は江戸の少しはずれ目黒《めぐろ》村の大庄屋《しょうや》に生まれ育ちやしてね。幼い頃から厳しく学問教養、礼儀作法などを学んできておりやす。立派な御公家の御息女である高子様とは、きっと話の合う事も多うございやしょう。色々と話し相手になって貰《もら》い、早く元気を取り戻しておくんない」

「女将は大庄屋に生まれ育ったのか。道理で、人品美しさどこか違うと思うていました。心強く思います」

「そいじゃあ、ひとまず私《あっし》はこれで……」

宗次はそう言って離れ座敷を後にした。

四

三日が過ぎた。

宗次にとっては誠に忙しい、心の疲れ切った三日間であった。御三家の一つ水戸《みと》藩上屋敷東側の大身《たいしん》旗本津木谷《つきや》家六五〇〇石に詰めきりだった。

主《あるじ》の津木谷能登守定行《のとのかみさだゆき》四十五歳は幕府高官として将軍家綱《いえつな》や幕閣の信頼厚い人物だったが、奥方咲江《さきえ》は病《やまい》長く、もって余命二月《ふたつき》とまで言われる容態に陥っていた。

その咲江の、最後の力をふり絞って何とか一日でも長く生きていこうとする姿を描いてほしいと、宗次が能登守から直接に頼まれたのが二月《ふたつき》前。

呼吸《いき》乱れ、それでも寝布団の上に毅然《きぜん》として正座し続ける奥方咲江を励まし描き続け、ようやく幅二尺丈三尺の奥方像を描き終えたのだ。

今まさに命終えんとする奥方のため、全力を投じた渾身の彩色画であった。

むろんのこと一枚物だ。

その彩色画の右端に宗次の筆致流麗な一文が入っていた。

「限りとて別るる道の悲しきにいかまほしきは命なりけり」

紫《むらさき》式部《しきぶ》（平安中期の女流文学者）の作『源氏《げんじ》物語』の中に見られる一文だった。

間もなくお別れするほかない死出の旅が悲しゅうございます。私は死にとうありませぬ。私が行きたい道は生命《いのち》の道、生きる旅の方でございます——とでも訴えているのであろうか？

宗次は、まだ心の疲れが取り切れていない体を、店を開けたばかりの居酒屋「しのぶ」に置いていた。

店の主人角之一《かくのいち》も女房美代《みよ》も遠慮して声をかけずただ見守っていた。

「しのぶ」には、店へ入って左手に小上がりが続いている。右手には醬油樽《しょうゆだる》四つを脚がわりとしてその上に半畳ほどの平板をのせた卓が三卓あって、これを床几《しょうぎ》が囲んでいた。顔馴染《かおなじみ》だろうが、誰彼の別なくその卓を取り囲んで、明るくわいわい飲み騒ぐのがこの店の流儀だった。

宗次がいま旗本津木谷家の奥方咲江の容態を気にかけながら体を預けているのは、調理場と向き合うかたちで横長に渡された肘《ひじ》つき台（今でいうカウンター）の席だった。それこそ肘をつきながら飯蛸《いいだこ》と大根の煮つけを肴《さかな》に手酌でむっつりと冷酒《ひや》を飲んでいた。

店の客は、宗次だけだった。

外は秋の夕暮れの、ほんのりとした明るさをまだ残している。

その明るさが消えて辻行灯《つじあんどん》に火が点《とも》る頃になると、職人や商人、侍、鳥追いなどが「しのぶ」の暖簾《のれん》を潜り出す。

「もう一本……冷酒《ひや》でいいや」

「玉子を落とした炒《い》り豆腐いるかえ」と角之一が遠慮がちに訊《たず》ねた。

「貰おう」

聞いて角之一の女房の美代は頷き、水屋から小鉢を取り出した。

角之一が肘つき台の上で空になっている徳利《とっくり》を手に取り、そこへ冷酒《ひや》を注《つ》いだ。

宗次は間もなく店に入って来るであろう、隣長屋――玄兵《げんべい》長屋――に住む喜《き》六《ろく》という三十半ばの綿打ち職人を待っていた。

法隆寺裂《ほうりゅうじぎれ》と呼ばれる木綿《もめん》が、すでに七世紀頃（律令《りつりょう》制形成期）には存在している。

もっとも綿栽培に勢いがつき出したのは十五世紀（室町期）に入ってからである。

宗次が待っている喜六という綿打ち職人――八軒長屋の女房たちの話によれば、〝卑劣侍騒動〟をはじめから逐一《ちくいち》〝見物〟していたのは「喜六さんらしい……」という事であった。そこで今朝、宗次は仕事に出かける前の喜六を捕《つか》まえて「一日仕事が済んでから一杯傾けながら騒ぎの一部始終を聞かせてくんない」と持ちかけ、喜六の「よござんす」を取り付けてあるのだ。

「そろそろかな」と宗次が呟いて、ぐい呑み盃に満たした酒を呑み干した時、障子に〝しのぶ〟と大書された表戸――腰高障子――の勢いよく開く音がして「先生、遅くなってご免なさい」と野太い声があった。

「いやいや、お勤め一日御苦労さん」

宗次が上体を少し後ろへねじまげて言うのと、角之一がぐい呑み盃をもう一つ宗次の隣の席へ置くのとが同時だった。

「さ、駈け付け三杯だ。やりなせえ」

「頂戴しやす」

喜六は満たされた盃の酒を一気に呑み干したが、駈け付け三杯とはならず、喜六は徳利を手にして「どうぞ、宗次先生」と勧めた。

喜六の前へも、角之一が炒り豆腐や飯蛸と大根の煮つけを置いた。

「ところで喜六さんよ……」

「例の騒ぎですね。へい、私《あつし》は年老いた御侍が〝待てい尾野倉才蔵〟と大声で呼び止めた瞬間から見ておりやしたよ。その時は私《あつし》だけでしたがねい、足を止めやしたのは」

「直ぐに老侍は……山井与衛門殿と仰《おつしや》る方なのだが、大声を掛けるなり直ぐに抜刀なさったのかえ」

「直ぐでしたよ。呼び止められた尾野倉才蔵様とやらも、一瞬驚いた御様子でしたがね。やはり直ぐに向き合いざま抜刀しやしたよ」

「勝負は一気についたのだな」

「とんでもねえ」

「え？」

「亡くなられた御侍、山井与衛門様とやらの太刀筋《たちすじ》は、剣術には素人《しろうと》の私《あつし》でも、凄《すご》い、と判る程のものでしたよ」

「なんと……」と、宗次は驚いた。意外な言葉が、喜六の口から出たのだ。

「老いを全く見せず、そりゃあもう、面面、小手小手、胴と矢継ぎ早に連打なさいましてね、尾野倉才蔵様とやらは受けるのが精一杯でござんしたよ」

「それはまた……」

「ただ尾野倉才蔵様の方も、かなり剣術をやりなさるというのが、攻めてくる太刀を一本もはずすことなく受けておられた事で、剣には素人の私《あつし》にも判りやした」

「では勝負は一気についたのではなかったのだ」

「一気どころか双方互角の、それはもう凄《すさ》まじい剣戟《けんげき》でしたよ。見る者の掌《てのひら》に汗が吹き出す程のね」

「ところが山井与衛門殿は、最後には袈裟斬りにされ命を落とされた」

「へい、あれは後ろに控えておられた同行の娘さんが、早く討たれて死ね尾野倉才蔵、と金切り声をあげたからでござんすよ」

「その金切り声で、山井与衛門殿の太刀筋が鈍《にぶ》った？」

「と、思いやすね。尾野倉才蔵様とやらが踏み込みざま放った一太刀が物の見事、年老いた御侍を袈裟斬りに致しておりやした」

「うむ……」

「素人の私《あつし》が言うのも何だが、あの勝負は状況によってでござんすが、逆転していた可能性が充分にございやしたよ。力ない兎《うさぎ》が狼《おおかみ》にひと嚙《か》みにされる、というような大差のある対決ではありやせんでしたね」

「山井与衛門殿の剣法は、刀を無茶苦茶に振り回す、というようなものではなかった訳だ」

「無茶苦茶なんて、とんでもねえ。私《あつし》にも判る正眼《せいがん》の構えとか、八双《はっそう》の構えなんぞは、そりゃあもう綺麗《きれい》なもんでござんしたよ。決まっておりやした。まるで宗次先生が描きなさる絵を見ているような」

「ほう……本格剣法だった、ということかえ」

「じゃねえんですかい」

調理場の角之一も美代も、身じろぎ一つせずに聞き入っていた。

二人にとっても、山井与衛門と尾野倉才蔵の討つか討たれるかの激闘はかなり意外であったのだろう。

宗次は暫く黙っていたが、思い出したように黙って喜六の盃に酒を注《つ》いだ。

「宗次先生はまた何であの騒ぎを、気になさるんで」

「いやなに、残された娘さんが余りに気の毒なんでな」

「御武家の娘のような印象でしたから、殺された年老いた御侍の孫娘なんですかね」

「ま、そんなところだろ。この江戸にゃあ親類縁者も知人もなく行く当てが無《ね》えってんで、気持が落ち着くまでと実はある人に身柄を預かって貰っているのさ」

「あ、そうでしたかい。先生が手を差しのべたんなら、そりゃあ大丈夫だ」

「娘にはまだ何一つ事情を訊いていねえんで、ともかく騒ぎの様子だけでも詳しく喜六さんに聞かせて貰おうと思ってよ」

「いま話したこと程度で、役に立ちますかね先生。年寄りが斬られなすった後は、先生が駈けつけなすった通りの手配りでござんすよ」

「いや、大変役に立った。娘さんとの話の糸口がうまく摑めそうだわ」

「それは良ござんした。さ、先生……」

「私はもういい。喜六さんが飲みねえ」

「いや、女房が風邪《かぜ》にやられて床に就いていやすので、私《あつし》はこれで失礼させて戴きやす」

「えっ、そいつあ悪かった。すまねえ」

「そいじゃあ御免なすって……」と立ち上がりかけた喜六に、宗次は着物の袂《たもと》から素早く取り出した小粒を「早めに柴野南州先生に診《み》て貰いねえ」と手渡した。

「こ、これは先生」

「申し訳ねえ。かみさんが寝込んでいるなんて知らなかったもんでよ」

「なあに、ただの鼻風邪でござんす。ご心配なく」

「風邪は油断がならねえ。こじらせたら大変《てえへん》だ。町駕籠《まちかご》を呼んで早く柴野診療所を訪ねなせえよ」

「へい。そう致しやす」

「それから……」と、宗次は角之一の後ろに立っている女房美代と目を合わせた。

「すまねえが旨い粥《かゆ》を作ってよ、玉子焼に白身魚の煮つけなんぞを添えて、なるべく早く届けてやってくんねえかい」

「あいよ、任せときな先生」と、美代が打てば響くの力み声で応じた。それでなくとも美代は宗次のことが亭主の角之一よりも好きだ。むろん、道理にはずれた邪《よこし》まな「好き」ではない。

この美代と宗次の筋向かいに住むチヨが界隈《かいわい》に於ける、「宗次大好き」の双《そう》璧《へき》だった。

喜六が礼を言い言い、「しのぶ」から出て行った。

入れ違うようにして、大工と判る法被《はっぴ》姿の男四、五人が勢いよく店に入ってきた。

「らっしゃい」と角之一が声をあげ、宗次は腰を上げた。

「じゃあ喜六ん家《ち》、頼んだぜ。三、四日はときどき覗《のぞ》いてやってくんねえ」

「判った。安心しなせえ」

頷く角之一の前に、宗次は小粒を二つ置《い》いた。

「多過ぎるって。そんなにゃあ要らねえよ先生」と角之一が囁く。

それを聞き流して、宗次は「しのぶ」を後にした。

五

翌朝、宗次は早くに八軒長屋を出て、日本橋の大店で酒味噌醤油問屋の松坂屋吉兵衛《きちべえ》を訪ねた。描《か》き終えて数日が経《た》っている襖絵四枚の顔料（絵具）の乾き具合を検《み》るためだ。とくに赤、黄、紫などについては花《はな》の液《えき》と米糊《こめのり》の液を主《おも》な原料として宗次が独自の手法で精製するもので、描き終えてから数日後の天候次第の乾き具合によっては重ね塗りや手加減が必要な場合も出てくる。

花液に米糊の液を微妙に混ぜ入れるのは、色彩の光沢《こうたく》を引き出すためで、この手法も混入割合も宗次ならではのものだった。

「この出来でいいですねい、重ね塗りも余計な手加減も必要ありませんや。これで出来上がりと致しやしょうか。あと三、四日もすりゃあ、赤と紫の部分はもっと艶《つや》が出てきやしょうから」

宗次は後ろに正座して控えていた松坂屋吉兵衛五十九歳の方を振り向いて、にっこりとした。表情の優しい、白髪がまるで銀糸のように綺麗な、吉兵衛だった。

「有難うございます宗次殿。いやもう私は大満足でございますよ。亡くなった家内の初音《はつね》もあちらの世で喜んでくれておりましょう」

「お内儀はこの座敷から眺める庭を、ことのほか気に入っておられたのでしたねえ」

「はい。宗次殿が描く浮世絵の次に気に入っておりました。その先生にこうして襖絵を描いて貰ったのですから、案外あの世から今夜あたり戻ってくるやもしれません」

「そいつあ結構なことです。もしあの世へ戻る迄《まで》の刻限に余裕があれば、八軒長屋へも是非《ぜひ》立ち寄ってほしい、とお内儀にお伝え下さいやし」

と言いつつ、宗次は吉兵衛と向き合って座り直した。

「ははは、そのような事を伝えれば、本当に宗次殿の前に現われまするよ」

「大歓迎でさあ。松坂屋さんが亡くなったお内儀のことを、いつもいつも胸に秘めて仕事に精を出していらっしゃることを、この宗次、しっかりと伝えさせて戴きやす」

「宗次殿……」

松坂屋吉兵衛は思わず両目の瞼《まぶた》に、右手の親指と人差し指を渡した。激しく好いて好かれて一緒になり四十余年、「松坂屋」を屈指の大店にまでした吉兵衛・初音夫婦だった。

初音が卒中で倒れ寝た切りとなったのは昨年の十二月。吉兵衛は大番頭、二番番頭、手代頭などによる合議制経営の体制を敷いて店を任せると、初音が亡くなるまでその病床から殆ど離れなかった。

「さてと松坂屋さん、今日はこれで失礼させて戴きやしょう。今日一日はこの座敷の障子は少うし半開き程度にしておくんない。その方が赤、黄などの色の艶出しのためには一層よろしい」

「承知致しました。さて先生、これから風呂にでも入って下さり、一杯付き合って下さいましな」

「おやおや、時分時が近付いてきたとはいえ、まだ朝の内ですぜい。それに店が忙しくなるのは、これからでござんしょ」

「水くさい事を仰《おっしゃ》って下さいますな。付き合って下さいよ」

「いや、今日はこれで失礼させて下さいやし。もう一軒、立ち寄りたい所がございますんで」

「そうですかあ……それは残念です。では、ちょっと御待ちになって下さいまし」

吉兵衛は上体を広縁の方へ向けてねじると、ポンポンッと両手を打ち鳴らした。

その辺りに待ち構えてでもいたのか、直ぐに「はい、旦那様」と障子に人影が映った。

「いいからお入り番頭さん」

「失礼いたします」

障子が静かに開いて、色づきが濃くなり出した庭の紅葉《もみじ》の広がりが、宗次の目に飛び込んできた。

「先生にお渡しするもの、用意できているね」

「はい、ここに」

「ご苦労さん。障子は半開き程にしておきなさい」

「承知しました」

宗次も顔馴染《かおなじみ》の番頭と主人《あるじ》との小声のやりとりがあって、番頭は宗次に丁寧に頭を下げると、また障子に影を映して去っていった。

吉兵衛が袱紗《ふくさ》に包まれた金子と判るものを、手指の先で押すようにして宗次の方へ滑らせた。

「宗次殿。誠にすばらしい力作、感謝に堪《た》えません。襖絵の代金二百両、それに私と亡くなった家内の二人から感謝の気持として百両、合わせて三百両どうかお収め下さいまし」

「松坂屋さん幾ら何でも三百両はいけやせん。それは戴き過ぎというもんです。絵代と感謝のお気持で合わせて……」

「いいえ宗次殿。先生は何かにつけて私の前で遠慮なさることが少なくありません。この度だけは三百両、松坂屋吉兵衛は退《さ》がりませんぞ。家内が今、先生の直ぐ横で微笑《ほほえ》んでおります。どうか家内のためにも収めてやって下さいまし」

「……そうですか……お内儀は、もう私のそばにお見えですか」

「はいはい、直ぐそばに」

「参りましたな……では今回は松坂屋さんの言葉に甘えさせて戴きましょう」

と、宗次は苦笑した。

「そうですとも、甘えて下さいまし」

宗次は袱紗に包まれたズシリとした重さのものを、懐深くへ収めた。

「ところで宗次殿、話は変わりますが」

「はい、何でしょう」

「宗次殿はまだ嫁をお貰いにならないので？」

「当分は一人がいいですねい。この仕事は大変忙しく、何日も家を留守にしての泊まり仕事も少なくありやせんから、一人が気楽でござんすよ」

「同業者に可愛《かわい》い気立てのよい娘さんがいましてね。婿を探し……」

「あ、いや、松坂屋さん。それ以上は仰《おつしや》いますな。嫁婿話はご勘弁くだされ」

宗次は顔の前で手を横に振ると、腰を上げた。宗次にとって一番苦手な話だった。

吉兵衛が座ったまま、苦笑《にがわら》いを宗次に向ける。やれやれ矢張り駄目か、といった顔つきだ。

松坂屋を後にした宗次が次に足を向けたのは小石川《こいしかわ》御門前、水戸藩三十五万石上屋敷の東側にある蔵米取《くらまいどり》（切米取）六五〇〇石の大身旗本津木谷《つきや》家だった。

自信はあったが、その自信以上に松坂屋吉兵衛方の襖絵の色彩がうまく乾いて美しい艶を出していたので、宗次の気分は極めて良かった。

秋空は青く澄み渡って、ちぎれ雲一つない。

津木谷家の拝領屋敷は二十数年前に生じた明暦《めいれき》の大火（明暦三年・一六五七年）の前は、江戸城の西北に当たる番町《ばんちょう》に在《あ》ったが、大火の後は水戸藩上屋敷の東側、水道橋《すいどうばし》近くに移されていた。また中・下級の旗本屋敷の多くが隅田川《すみだがわ》の東岸、本所《ほんじょ》へも移されている。

宗次は最短の道を選んで、津木谷家へ急いだ。今日も床に臥《ふ》せているであろう奥方咲江《さきえ》のことを思って、日の高い内に訪ねたかった。

勝手知ったる江戸の町だ。路地から路地を抜けて大外濠川《おおそとぼりがわ》（神田川《かんだがわ》）を渡り神田常栄寺《じょうえいじ》の境内《けいだい》へと入っていった。

べつに紅葉寺《もみじでら》とも言われているこの寺の紅葉《こうよう》は一足早くに訪れていて見事だった。だが幕府徳川家の庇護《ひご》ことのほか厚い常栄寺は、檀家《だんか》以外の健常者が紅葉を見物するためだけで境内に立ち入ることを厳しく制限していた。

宗次が何の迷いもなく境内へ足を踏み入れたのは、二年前に庫裏《くり》広間の襖絵を描き上げ、その後も住職と親交を深めているからだ。

宗次は金堂の脇を通り、鬱蒼《うっそう》とした竹林に入っていった。かなりの深さがあるこの竹林の中の小道を抜けると、目の前に大身旗本津木谷家が在《あ》る。旗本はたいてい下屋敷などは有していない。下屋敷を持つことを公儀から許されているのは大身旗本のごく一部で、津木谷家も明暦の大火前までは下屋敷を本所に有していた。

しかし、本所に大火後の旗本たちの屋敷が新しく建設され始めると、津木谷能登守定行《のとのかみさだゆき》は下屋敷を幕府に返上し、今の居《い》屋敷——日常生活の屋敷——だけとなった。

敷き詰められた白玉石を踏み鳴らして竹林の中ほど辺りまで来たとき、宗次の表情が「ん?」となって、その足が止まった。

そして、ゆっくりと振り返る。

誰の姿もなかった。

よく育って天を覆っている竹林の白玉石の小道はそれなりに薄暗かったが、重なり合った枝葉の間から小さな木洩《こも》れ日が点々と無数に降っていて、陰気な薄暗さではなかった。

（気のせいか……）と思って、宗次はまた歩き出した。身の危険を感じた訳でも、重苦しい気配を捉えた訳でもない。

背中をフッと何かが撫《な》で過ぎたような気がしたのだ。

（松坂屋吉兵衛殿のお内儀の霊かな）

そう思って唇を緩める宗次だった。

その宗次の足が、幾らも行かぬ内に再び止まった。

今度は針の先のような鋭い気配を感じて、宗次の目つきが幾分険しくなった。

振り向いて辺りを見回すが、矢張り人の姿はない。感じた針の先のような鋭い気配も、ふわりと消えていた。ふわりと。

「はて……」

宗次は首を傾《かし》げた。針の先のような鋭い気配、とは言っても、それが自分勝手な体感だと心得てはいる宗次だった。ひやりとした秋風が不意に首筋を撫で過ぎても、その時の心身の状態によっては、本能的に小さく身構えかける事も二度や三度は経験している。

(気のせいか……)と、宗次は、歩き出した。吹き抜ける秋の風で竹林が少しうるさい。

竹林を抜け、小造りな裏山門を出ると、目の前直ぐの所に旗本津木谷家六五〇〇石の立派な表御門棟——長屋御門——があって老爺《ろうや》が竹箒《たけぼうき》で掃除をしていた。敷地はおよそ一八〇〇坪。

「旗本八万騎」などと誇張して吹聴《ふいちょう》されてきた、この時代の旗本の数は実は五二〇〇人前後で、その中で数千石もの高禄を得る旗本の数は、ひと握りに過ぎない。

敷地の規模は寛永《かんえい》二年(一六二五年)の規定で大体の基準が決められていたが、年の経過、とくに明暦三年(一六五七年)の大火の後は、防火の観点からも敷地の規模が膨らむ傾向にあって、規定の見直しが幕閣で浮上しつつあった（元禄六年、一六九三年改定）。

「おや、これは宗次先生……」

長屋御門の前を竹箒で掃いていた老爺が、近付いて来る宗次に気付いて手の動きを休め、腰を折った。

「絵の顔料の乾き具合が気になって検《み》に来たんですがね。奥方様のご様子は如何《いかが》で？」

「それが先生。奥付の御女中の話ですと、なんだか御気分がお宜しいようでございますよ」

「ほう、それは結構なことでござんすね」

「御殿様も大層お喜びだそうで……あ、今日は御登城の予定はなく、御屋敷にいらっしゃいます」

「そうですかい。では姿絵の顔料の乾き具合を見せて戴きやしょう」

「どうぞ。宗次先生は御殿様から直接、屋敷内勝手にのお許しを戴いていらっしゃいますから、この年寄りが取り継ぎの者を呼びに参る必要もござりますまい。さ、どうぞ御入りなさいまして」

「うん。じゃあ、入らせて貰うよ」

宗次は老爺の肩を軽く叩くと、閉じられた状態にある長屋御門の右側の潜《くぐ》り門《もん》を入った。

宗次にとっては、すでに見馴れた屋敷内だった。潜り門を入って正面には玄関式台がある。この玄関式台を中央に置いて左右に広がっている茅葺《かやぶき》の建物を御玄関棟と称し、客間、使者の間、家臣詰所、控えの間、などが設けられていた。旗本屋敷の御玄関棟が瓦葺《かわらぶき》となるには、あと三十年ばかり時を待たねばならない。この御玄関棟の茅葺様式はこの時代の大身旗本屋敷でほぼ共通するものだった。

「ご免くださいやし」

宗次が玄関式台の手前で声をかけると、式台の直ぐ右側にある家臣詰所の襖が開いて、二十四、五に見える小柄な侍が姿を見せた。

「やあ、宗次殿……」

「これはまた若君清之助《せいのすけ》様ではございやせんか。今日はまた何ゆえに玄関詰所においてでござんすか」

「ははは、ちと台所事情のあれこれで、いま家臣と額《ひたい》を寄せ合っているのです」

抑え気味に明るく笑う津木谷家の嫡男《ちゃくなん》清之助であった。台所事情とは家計を指している。

「奥の間でのうて、玄関詰所で台所事情を？」

「そうじゃ。母の病を心配する父上に余計な心配を掛けとうありませんのでな。玄関詰所で家臣とこそこそ頭をひねり合《お》うております」

「左様で……今日は奥方様の姿絵の顔料の乾き具合を見させて戴きたくて参りやしたが」

「ならば遠慮のう、庭先を回って母の居間を訪ねてやってくれませぬか。今朝は母が宗次殿と大層会いたがっておりました」

「ご容態は如何でございます。不意にお訪ねして宜しゅうございましょうか」

「ま、行って見れば判りましょう。宗次殿の目で直接、母の様子を見てあげて下され」

「判りやした。では遠慮のう庭先を回りやして……」

「あ、私が家臣と玄関詰所に詰めていることは父上には……」

「言いやせんとも」

宗次は、にっこりと返して清之助に背を向けた。

「母に明るい話でも聞かせてやって下され宗次殿」

背中を追ってきた若君の声に「ようがす」と応じて、宗次は御玄関棟の角を左へ曲がった。

若君清之助の人柄を「なかなかのもの。優れた後継ぎになる」と評価している宗次であった。学問教養・武芸にかなり秀《ひい》でているようであったが、上から下を見下して物を言う姿勢などは微塵《みじん》も見られず、屋敷内の下働きの者に対しても対等の位置に立つ原則を忘れぬようなところがあって、宗次は清之助をそのように育てあげた両親、能登守定行と咲江をも高く評価していた。その子を見れば親が判る、というやつだ。

庭石伝いに奥へ進み、井戸端で少し右へそれて、今度は雑草が短く綺麗に剃《そ》り取られたようになっている庭を、正面の建物へと向かった。その建物が「殿様御殿」と廊下で鉤形《かぎがた》につながっている「奥方御殿」だった。つまり奥方咲江の生活の間《ま》である。

宗次は雑草を根こそぎ苅《か》り取ってしまわない津木谷家の風流が好きであった。短く剃るように苅ってあるから、一面緑の敷物を敷き詰めたかのように、あざやかだった。秋が深まり冬の気配が深まり出すと、この緑の敷物は次第に朽《く》ち枯れ出すが、今はその緑の上に幾本もの紅葉したモミジを乗せて、目が覚めるような美しさだ。

この庭を病床から眺めることを奥方咲江は、ことのほか大切にしている。

宗次の足が、奥方御殿の広縁の前で止まった。

障子は閉まっており、中の様子は窺《うかが》えない。

宗次はやや改まった声の調子で、遠慮がちに声を掛けた。

「ごめんなさいまし。浮世絵師宗次、顔料の乾き具合を検《み》に参りやしてございます」

「おう宗次殿か……」と、直ぐに障子の向こうで応じる澄んだ声があった。

宗次には、奥方咲江の声と判った。「ご気分よさそうな御様子」と知れて宗次は表情を緩めた。

が、障子が開いて笑顔を見せたのは、奥方咲江ではなかった。

「これは御殿様」

宗次は、べつだん慌てることもなく丁重《ていちょう》に腰を折った。

津木谷能登守定行、その人であった。

四十五歳ながら白髪まじりで幾分ふけて見えるのは、将軍の身そばで大番頭《おおばんがしら》という重職に就いている事からくる気苦労のせいであろうか。

「其方《そなた》の描いてくれた姿絵が余りに美しく見事なものでな、奥（咲江のこと）の気分が誠に良いのじゃ」

「それは何よりでございました」

「さ、上がれ上がれ。遠慮は無用ぞ」

将軍を護る筆頭の立場にある者とは思えぬ、能登守の穏やかな口調であった。宗次は、この能登守がすっかり気に入っている。

宗次が座敷に上がると、なんと奥方は寝床から離れて紺色の座布団の上に正座をし、その表情は宗次が知るそれ迄とは全く違っていた。明らかに生気を取り戻したかに見える落ち着いた表情だった。目に光が満ちている。

宗次は向き合って深々と頭を下げてから、「ほんに見違えるようでございやす」と言いつつ面《おもて》を上げ、「よございました。この宗次も嬉しゅうございやす」と付け加えた。

「宗次殿の絵の御陰ぞ。私《わたくし》の姿絵に宗次殿は生命《いのち》を吹き込んで下された。そのせいであろう、これこの通り身も心も気持の良い軽さじゃ」

「でも御油断あそばしてはなりやせん。医師に処方された御薬はきちんとお飲みになり、一気に気力を取り戻そうとする無理な動きは、避けて戴きとうございやす」

「そうじゃの。せっかく宗次殿から与えられし〝大事な元気〟じゃ。無理をしてまた悪うなっては、其方《そなた》に申し訳がないでのう」

「今日はゆるりとしていってくれるのじゃな。奥の元気を見て久し振りに酒を飲みとうなった。付き合うてくれ宗次」

能登守定行も目を細め上機嫌であった。言葉づかいも、やわらかく温かだ。

「宜しゅうございやすとも御殿様。私《あつし》も奥方様のお元気な御様子が嬉しゅうございやす。厚かましくお付き合いさせて戴きやす」

「おお、承知してくれるか。それでは……」

能登守定行は広縁に出ると、ポンポンと手を叩いた。「はい、ただいま……」

と奥付女中と思われる若い声が即座に返ってくる。

宗次は「ちょいと失礼させて戴きやす」と奥方咲江にことわってから、床の間に近付いていった。床の間と言っても、畳三枚が敷き詰められた広さだ。

幅二尺丈三尺の奥方咲江の姿絵が、その畳の上に寝かされていた。その絵の上には、宗次が手もみして柔らかくした上質な美濃紙《みのがみ》が被《かぶ》せられている。

宗次はその被せ紙を、そっと取り除いた。

「日に二、三度は、私《わたくし》も被せ紙を取り除いて見せて戴いておりましたよ宗次殿」

と、奥方咲江が宗次の背に声をかける。

「へい、それはもう差《さ》し支《つか》えございやせん。うん、絵の具の乾き具合も艶も問題ありやせん。被せ紙はもう、よござんしょ」

「まあ、では私《わたくし》の親しい者たちに見せても宜しいか」

「構いませぬが然《しか》し、このままで誰彼にお見せするよりも経師屋《きょうじや》（表具屋）に頼んで掛軸にするとか、思い切って素襖《すぶすま》（模様《もよう》の無い襖）の貼絵にするとかを、お考えなされた方が一層のこと絵が引き立ちやす」

「なるほど、そうじゃのう」

「奥よ。掛軸がよいなあ。儂《わし》は掛軸を望みたいがのう」

奥付女中に御酒の用意を命じ終え元の位置に座った能登守定行が、満面の笑みを見せて言った。

奥方咲江も微笑んで頷く。

「御殿様がそのように申されるなら、私《わたくし》にも異存はありませぬ。宗次殿、誰ぞ腕の良い職人を御存じありませぬか」

「任せなせえまし。あ、いや、お任せ下さいやし。腕の良い表具師を直ぐにでもこの御屋敷へ寄こしやしょう」

「そうか。手数をかけるのう、すまぬ」

と、能登守が奥方咲江に代わって、軽く頭を下げた。謙虚な人柄が出ていた。

六

「ところで御殿様……」

宗次は盃《さかずき》を膳に戻すと、表情を改めて能登守定行を見た。

座敷は白壁ひとつを隔てた、奥方咲江の座敷の隣だった。

閉じられた障子の外が、薄暗くなりかけている。

明るい話を交わしつつ、もう相当に盃を重ねている二人だった。

「その顔つきだと、何事か私に訊《たず》ねたいか頼みたい事があるな宗次」

「恐れ入りやす御殿様。実は……」

と宗次はそこで言葉を切った。飛州十三万石松平家が絡む話を切り出してみたい宗次だった。但《ただ》し、言葉を慎重に選ぶ必要がある。

なにしろ能登守定行は、非常時は幕軍先鋒《せんぽう》の最精兵となる将軍直近の武官「大番」の頭《かしら》つまり長官だ。旗本の中から家柄・人物を厳選して任用される。

「遠慮はいらぬ。奥があれほど気力を取り戻せたのは、其方《そなた》の姿絵のおかげぞ。何を言うても訊ねてもよし。誰にも口外は致さぬ」

「有難うございやす。それでは言葉を飾らず改めず率直《そっちょく》にお訊ね申し上げやす」

「うむ……よい」

「御殿様は徳川将軍家の御一族でありやす飛州十三万石松平家とは浅からぬお付合いはございやすでしょうか」

「なんと、飛州松平家とな」

「はい」

「何とした。飛州松平家から絵仕事を頼まれでも致したのか」

「いえ、そういう訳では……」

「………」

「申し訳ありやせん。矢張り止《よ》しに致しやしょう。大変失礼致しやした。どうぞお忘れになって下さいやし」

「いや、構わぬ。私にとって奥は大事な宝じゃ。その奥は今や其方《そなた》をすっかり信頼しておる。その天才的絵師を私が信頼せぬ訳にはいくまい。私の知る限りを答えよう。話してみるがよい」

「本当に宜しゅうございましょうか」

「よい、二言《にごん》は無い」

「では、お訊ねさせて戴きやす御殿様。その飛州十三万石の松平家に尾野倉才《おのくらさい》蔵《ぞう》様なる御家臣はいらっしゃいやしょうか」

「おう、いる。三、四月ほど前に飛州藩京屋敷より赴任《ふにん》して参った、あの尾野倉才蔵じゃな。柳生新陰流皆伝《やぎゆうしんかげりゆうかいでん》の」

「えっ。尾野倉才蔵様は柳生新陰流の皆伝者でありやすか」

「二、三度しか会うてないが、学もあり礼儀正しいなかなかの人物ぞ。大和柳《やまと》生一族の出でな。将軍家兵法師範であられた今は亡き柳生宗冬《むねふゆ》様（一万石大名）の推挙によって飛州松平家に召し抱えられ、藩城代組《じようだいぐみ》（守衛の番士）の小頭《こがしら》尾野倉家に婿入りした程の人物じゃ」

「左様でございやしたか。で、御殿様が尾野倉才蔵様とお会いになられました最近の日は、いつの事でございやしょうか」

「もう一月《ひとつき》ほどになるかな」

では〝卑劣侍騒動〟はご存じないな、と宗次は思った。

「宗次よ、その尾野倉才蔵がどうかしたのか」

「御殿様、それについてお話し申し上げやすのは、もう暫くお待ちになって下さいやし」

「判った。待とう」と歯切れよく応じる能登守だった。

「次にもう一つ、御殿様にお助け戴きたい事がございやす」

「聞こう。ま、飲め」

能登守がにこりとして、徳利を宗次に差し出した。

出来た御人《おひと》だ、と思いつつ宗次は空になった盃で能登守の御酒《ごしゅ》を受けた。

宗次はその盃をひとなめしてから静かに膳に置いた。

「誠に御無理を申しやすが御殿様。この浮世絵師宗次を伝奏《てんそう》屋敷のどなたかに御引き合せ下さいやせんでしょうか。あるいは御紹介状を頂戴できれば幸いでございやす」

「絵仕事を得るために伝奏屋敷と接触したいと申すか」

「いいえ、ある御公家様について知りたいことがございやして」

「ほう……矢張り京より赴任した尾野倉才蔵絡みでかな」

「否定は致しやせん」

「宗次……」と、能登守の目が少し光った。

「はい」

「其方《そなた》どうやら町人絵師ではないな。こういう言い方は無礼千万かも知れぬが、伝奏屋敷で御公家の事を訊きたい、というような言葉は、町人絵師にはなかなか吐けぬものじゃ。そなた、元は侍か？」

「いえ、誠の町人絵師でござんす」

「そうか。再びは訊くまい。其方《そなた》を信用しよう。二度は引き受けられぬ頼みじゃが、此度《こたび》だけは紹介状を書いて進ぜよう。幸い親しく知ったる者がいる」

「この上もなく助かりやす。感謝申し上げやす」

宗次は畳に両手をついた。

伝奏屋敷約二四〇〇坪が八軒長屋からさほど遠くない和田倉《わだくら》御門（地下鉄東西線大手町《おおてまち》駅直近）近くにあることを宗次は承知している。

「伝奏」とは、朝廷と将軍家・幕府との間に立って諸事を取り次ぐ役職を指しており、関白《かんぱく》に次ぐ、公家の重席であった。勅使《ちょくし》や法皇使、女院使がそれで、諸事取り次ぎの用で彼ら「使」が江戸に赴《おもむ》いた時に泊まる宿舎を伝奏屋敷と呼んだ。その「使」に対する接待饗応《きょうおう》役が絡む赤穂《あこう》藩主浅野内匠頭《あさのたくみのかみ》と高家《こうけ》吉良上野介《らこうずけのすけ》との大衝突、「四十七士討ち入り」事件が後の世で生じるなど、さしもの宗次も気付こう筈《はず》がなかった。

能登守は奥付女中を呼んで筆と紙を持ってこさせると、座敷の丸窓そばに整えられている大き目の文机《ふづくえ》の上で、さらさらと小さな音を立てて筆を走らせた。

「伝奏屋敷の取締役に、書院番組頭から回された安村雄之進《やすむらゆうのしん》という中年の者がおる。私の剣術仲間で念流《ねんりゅう》を心得ておるが、なかなかに学者肌でもあって公家のことには詳しい。この手紙で、充分に其方《そなた》の役に立つじゃろう」

書き終えて幾つかに折り畳んだ手紙を、能登守は恐縮する宗次に手渡した。

「で、いつ伝奏屋敷を訪ねるつもりかな」

「はい、さっそく明日にでも参らせて戴きやす」

「左様か。伝奏屋敷のような所へはいくらなんでも町人が、しかも着流しでは入れぬ。規律に触れぬではないが、ま、目をつむって刀や着物などきちんとしたものを揃《そろ》えて貸すゆえ、それを……」

「あ、御殿様。大小刀や着物など、それなりのものは所持しておりやす。どうぞ御心配ありませぬよう」

「なに、大小刀を持っているとな？」

「いえ、なに。役者絵など男の姿絵を描きやすのに、時として必要になってくることもありやすので、知り合いの古物商から、鈍《なまくら》を一振り買ってありやすので」

「ふうん。鈍《なまくら》を一振りのう……ま、よかろう」

そこで能登守はニッと笑ったが、すぐに元の表情に戻った。

「ところで宗次。奥の姿絵じゃが、二百両を三回ほどに分けて支払う訳にはいかぬかのう。実は徳川将軍家とは切っても切れぬ存在である下谷寛永寺《したやかんえいじ》の大修理が間もなく行なわれるのに際し、我等旗本衆はそれ相応の御寄附を致すこととなった。大きい声では言えぬが、これがちと津木谷家にとってはこたえておる」

「御殿様、奥方様の姿絵につきましてはこの宗次、はじめから絵代を頂戴するつもりはござんせん。どうか御気遣いの無《ね》えように御願い致しやす」

「なに、あれ程の絵を無代にすると言うか……」

「はい。是非ともそうさせて下さいやし」

「だがそれでは余りにも……」

「私《あっし》への絵代は、奥方様の御健康の方へお回し下さいやし。そうして戴きやすと、あの姿絵に全力を投じて命を吹き込みやしたこの宗次の苦労が報われやす」

「宗次……其方《そなた》……」と、能登守は下唇を嚙んだ。こみ上げてくるものがあったのであろう。だが武官筆頭と言われる大番の頭《かしら》。さすがに目を潤ませるようなことはなかった。

七

宗次が津木谷邸を出たのは、とっぷりと日が暮れた――しかし形よい月の浮かぶ――戌《いぬ》ノ刻・宵《よい》五ツ頃(午後八時頃)だった。

「持っていくがよい」と能登守に勧められた家紋入りの足元提灯《ちょうちん》は「大丈夫です」と遠慮した。

酒には弱くない宗次である。

「なんともいい酔い気分だ」と呟きはしたが、足元はしっかりとしていた。

「それにしても、能登守様もなかなかの酒豪でいらっしゃる。いくら飲んでも崩れてお人柄の変わらねえところが、またいい」

長く付き合えそうな御方だ、と感じる宗次だった。

宗次は鎌倉河岸《かまくらがし》にある八軒長屋への近道を選んで、再び常栄寺の裏山門を潜り、直ぐに竹林へと入って敷き詰められた白玉石を踏み鳴らした。

檀家以外の健常者が無断で境内に立ち入ることを厳しく制限している常栄寺住職ではあったが、病人や怪我人《けがにん》は問わずとしており、したがって裏山門も表山門も昼夜《ちゅうや》を問わず開いている。

竹林の中には一定の間隔で石灯籠《いしどうろう》の備えがあって、明りが点《とも》っていた。

満月の明りが、竹の枝々の間から、敷き詰められた白玉石の上に点々とこぼれ、そのため其処《そこ》かしこで白玉石が白水晶のように鈍く光っている。

竹林の中ほど辺りまで来た時であろうか、宗次の足が等身大の石灯籠の脇で止まった。

左手に腰高の地蔵が一体と、右手に小さな社《やしろ》のようなものがある長形《ちょうけい》に広がった場所だった。自然にそのような長形になったのかどうか。竹林の中には楓《かえで》が入り混じっていて、それらが木洩《こも》れ日いや木洩れ月を浴びて真紅でもない黄色でもない妖しい色を呈している。

宗次の足が、そろりと進んで、また止まった。

ヒヤリとする気配――針の先のような――が、後ろ首を撫でた。

「また出やがった」と宗次は呟いた。津木谷邸を目指して竹林の中を裏山門へ向かっている時に感じた、あの不可解な気配であった。

だが、今度は様子が違った。後ろ首を撫でたヒヤリとしたそれは、たちまち強烈な殺気に豹変《ひょうへん》して、右手前方から迫ってきた。しかし、その正体はまだ見えない。

宗次は雪駄《せった》を静かにゆっくりと脱いだ。

（こいつあ……尋常《じんじょう》じゃあねえ）と、宗次は思った。

直立した姿勢のまま、宗次の右足が僅《わず》かに退がって、白玉石が足の裏でカリッと鳴る。

と、殺気が……現われた。ついに現われた。腰高地蔵の少し向こう側、真紅に熟した枝を大きく広げて竹を四方へ押し広げているかのような楓の陰から現われた。

そこだけ、その一本の楓——年老いて見える大樹——が竹林を圧し、皓皓《こうこう》たる月明りを導き降らしていた。

現われた殺気は、職人態《てい》の町人だった。均整のとれた美しい中肉中背だが、ただ顔立ちは鼻がまるで押し潰されたように平に広がった獅子鼻だ。不自然なほどの。

其奴《そやつ》は真っ直ぐに宗次を見つめた。長形の広場——さして広くはないが——に降り注ぐ月明りの中で、その目が凄みを覗かせている。

丸腰の相手であったが、宗次の背に戦慄が走った。

（こ奴の目、人を殺し馴れていやがる……）

　そう捉えた宗次であったが、まだ身構えなかった。相手は丸腰だ。その殺気が、どのような「形」になるのか、まだ見通せない。

　この時──。

「お命頂戴」

　其奴《そやつ》が口を開いた。表情をつくらないで喋《しゃべ》った。陰気な重重しい口調、野太い声だった。

　この時になって、宗次は相手の両手に注目した。拳《こぶし》をつくっている。それも指関節がミリミリと音立てそうなほど、強く握りしめているように見て取れた。そうと判る、充分に足りた月明りだった。

　宗次の右足がなお少し後ろへ退《さ》がり、ようやく腰を軽く沈める。

　何の変装も覆面もしていない〝素っ裸〟の凄まじい殺気。そいつが足の裏で白玉石をこすり鳴らす事もせず、ふわりと宗次に迫った。

　宗次はゾッとなって、二、三尺後方へ退がった。圧倒されていた。

　二間《けん》ほどの間《あいだ》をあけて、其奴の放つ殺気がはじめて「形」を見せた。

　顔の前で両拳を構える、とくに珍しい構えでもない。

が、宗次は、其奴《そやつ》の両足先の全ての指が、まるで白玉石を摑もうとでもするかのように、くの字に曲がっていることに気付いた。

其奴《そやつ》の顔の前で、二つの拳がギリッと音を立てた。間違いなく音を立てた。

宗次は、背に噴き出す汗を感じた。熱い、と思った。

次の瞬間、其奴の姿が宗次の目の前から消えた。

宗次は本能的に伏せた。いや、伏せようとした、と言うのが正しかった。

なぜなら宗次は、このとき既に左肩に強烈な衝撃を受け、白玉石の上へ仰向《あおむ》けに叩きつけられていた。

瞬時に立ち上がった宗次であったが、顔を歪《ゆが》めていた。

左肩から胃の腑《ふ》に向かって、耐え難い激痛が走ったのだ。

息が止まりそうだった。

其奴《そやつ》は矢張り二間ほどの間をあけて、何事もなかったかのように立っている。

ようやくこの時になって、自分は相手の足先で蹴《け》られた、と理解した宗次だった。

相手に気付かれぬようにして二、三度深く息を吸い込んだ宗次は、左肩を力ませてみた。

激痛は痺《しび》れに変わっていたが、どうやら左肩は動かせそうだ。

「お前、只《ただ》の浮世絵師とちゃうな」

なんと其奴は宗次が浮世絵師と知って、襲っていた。しかも江戸言葉ではなく、どうやら上方《かみがた》言葉だ。

「一撃で殺せなかったんは初めてやで」

その上方言葉に似合わぬ鋭い眼光、今にも唸《うな》りを発し炎《ひ》を噴きそうな二つの拳。重重しい野太い声。

「一体何者《いってえ》でえ貴様」

「死んでいく者《もん》に明かしても仕様《しよう》がないわ」

「死ぬのはどちらか、まだ判んねえぜ。私《あっし》は少し酒を食らっているがね」

「お前こそ何者《なにもん》や。酒を食らっているのに、えらい敏捷《びんしょう》や。絵師は隠《かく》れ蓑《みの》か、幕府の隠密《おんみつ》か」

「てめえ、これ迄《まで》に何人を危《あや》めやがった」

「二十三人……」

「なんと」

「二十三人……お前が二十四人目や」

「何のためにそれ程の人間を手にかけやがったんでい。何者《なにもん》じゃあ、おんのれは」

「次はお前の心の臓を破ったる」

其奴の顔つきが、ここでガラリと変わった。やや俯《うつむ》き加減で上目使いに宗次を睨《にら》みつけ、病に狂った狼のように白歯《しらは》を剝き出した。しかも、ぐるぐると低く喉《のど》を鳴らしている。人間面《にんげんづら》ではなかった。

獣《けもの》だ、と宗次は総毛立った。それはこれ迄に味わったことのない名状し難い恐怖だった。

「かっ」

痰《たん》を吐き捨てるかのような淀《よど》んだ気合を発したかと思うと、其奴は宗次に摑みかかるかのようにして迫った。宗次を微塵も恐れていない。

宗次は今度は退がらなかった。

其奴の左の拳が月夜を突いた。空気が悲鳴をあげた。

目の前一直線に向かってくる相手の左拳を、宗次は左へ上体を振って避けようとした。

刹那《せつな》、奴の右拳が、いや拳ではなかった。五本の指先をさながら手裏剣の如く尖《とが》らせた右手が、宗次の左胸へ水平に打ち込まれた。

宗次の左肘がそれを叩き下げる。しかし奴の手刀は引き退《さ》がり宗次の左肘は空を切って泳いだ。体勢を崩した宗次の右横面へ、相手の左拳が唸りを発して襲いかかる。

宗次がその拳を払うかに見せて手首を摑むや、奴の内懐へ入った。速い。

宗次の肩の上で、相手の体が月下に大きな弧を描いた。

絵のような豪快な背負い投げであった。

其奴の体が、背中から白玉石に叩きつけられ、悲鳴が生じた。

いや、その筈であった。少なくとも宗次にとっては。

だが、もんどり打って白玉石の上へ仰向けに叩きつけられたのは、宗次の方だった。

月夜に大きな弧を描いた相手は、白玉石に叩きつけられる寸前、宗次の下顎《したあご》に渾身《こんしん》の蹴りを放ち、その反動で猫を思わせるしなやかさで白玉石の上に立っていた。

「ううむ……」

宗次は頭を振って体を起こしたが、よろめいた。

唇を切ったか、口の中を切ったか、顎を伝い流れる鮮血が月夜に生生《なまなま》しい。

其奴が、舌舐《なめず》りをした。

「面白い。まだ生きとるわ。いよいよ当たり前の絵師と違《ちゃ》うな。酒にも負けとらん」

其奴の目だけが笑った。目だけがだ。白歯《しらは》を剝き出し俯き加減の上目使いはそのままだ。ぐるぐると喉《のど》も気味悪く鳴っている。

宗次は、再び頭を強く振った。振り終えて腰帯をヒヨッと音立てて解き、着物を脇へ投げ落として上体裸となった。

月夜にも色白と判る、ほっそりとした体であった。花車《きゃしゃ》だ。

「手前《てめえ》のような獣《けだもの》は、この江戸から外へは出さねえ」

宗次は呟いた。

「そら無理や。酒を飲んでるお前はもうじき確実に死ぬさかい」

その言葉が終るか終らぬうち、其奴の体は宙を舞った。高高とではなかった。ほとんど宗次に激突するかのような低い高さで舞った。それとも飛んだ、と言い直すべきか。

その常識を遥かに超えた飛燕《ひえん》の肉体が、宗次の面前で右へ半円を描き、左足先が宗次の右首筋へ打ち込まれた。綺麗な、が凄まじい足先回しの蹴り業《わざ》。

宗次が右腕を立てて上体を左へ泳がせてそれを防ぐ。辛うじて。

着地した其奴が、次に右足先で宗次の頭部を回し蹴った。ブンと唸る空気。目に見えぬほど速い左足から右足への変化だった。

宗次が左肘でそれを防ぐ。防いでよろめいた。

相手がまた蹴った。また蹴った。また蹴った。宗次を休ませようとしない頭部の一点に集中させた凄絶《せいぜつ》な連続蹴りだった。

其奴が五撃目を終えて退がった時、宗次の左肘は紫色に腫《は》れあがっていた。今にも表皮がめくれんばかりに。

宗次の顔は苦痛に歪《ゆが》んだ。と同時に、相手の顔にも驚きが広がった。

「お前……何者《なにもん》や……酒を食《く》ろとんのに、なんで俺の蹴りを防げるんや」

重苦しい野太い声を発して、其奴は深深と息を吸い込んだ。明らかにかなり息を乱している。それ程の渾身の蹴り業だったのであろう。

「まだ生きとるとは……本当《ほんま》にはじめてやで」

語尾は呟きに近くなっていた。

けれども其奴は、思い直したように眦《まなじり》を吊《つ》り上げ、再び白歯《しらは》を剝き出した。

「面白《おもろ》い。殺《や》り甲斐《がい》がある」と、双《ふた》つの目が脂ぎる。

宗次が両手を前に突き出して十本の指をバラリと開き、及び腰のような弱気に見える姿勢をとった。「ちょ、ちょっと待っておくんない」といったような、体構《からだかま》えだ。

獣《けもの》がフンッと鼻先を低く鳴らした。

其奴はまたしても顔の前で、拳をつくって構えた。唇の両端が反り上がって、その三日月《みかづき》状の口から覗く白歯が、不気味だった。犬歯が妙に鋭いのが判る。

「これで終りや」

のっそりと獣は宗次に近付いた。近付いたという迫り方だった。己れの攻めの全てが宗次に防がれた驚きを味わった筈ながら、自信たっぷりな近付き様《よう》だった。

そして、二つの拳を目の高さで構えながら。

宗次との間が二尺ちょっとにまで縮まったとき、獣の恐るべき攻撃が再開された。

右の拳が宗次の顔面に打撃を加えると見せて、左の拳が宗次の右脇腹へ回り込むように炸裂《さくれつ》。

いや「炸裂した」と獣が思ったに違いないほど、その獣の稲妻のような拳は宗次の脇腹にほぼ触れていた。

しかし悲劇にはならなかった。寸前に宗次は飛び退がった。相手の闘法を見極め切ったようなふわりとした退がり方だった。

けれども獣は尋常ではなかった。退がった宗次が反撃の構えに移るよりも遥かに先に、第二撃が宗次の左横面に襲いかかった。

宗次が腫れあがった左腕を立てて、それを受ける。

肉と肉が激突するドスンッという音。悲鳴をあげる宗次の骨肉。

顔を歪めた宗次の右拳がはじめて其奴の鼻柱を狙って繰り出された。

なんと、獣は避けも防ぎもせず、鼻柱で宗次の一撃を受けた。

鼻血が飛び散る。

次の瞬間だった。宗次にかつてない苦痛が襲いかかったのは。

鼻で〝敵〟の拳を受けた獣が、悲鳴もあげず、ぐらつきもせず宗次の鳩尾《みぞおち》に下から上へ抉《えぐ》るような豪快な一発を決め込んだ。待ってましたとばかりに。

「ぐえっ」

宗次の口から、はじめて苦悶《くもん》の叫びが発せられた。全ての臓腑が口から飛び出しそうな大衝撃を食らって、宗次の両膝がガクンと折れる。

「うひひひっ」

其奴が鼻の下を血まみれにしながら奇声を発して笑い、同時に前のめりの宗次の後ろ首へ止《とど》めを打ち込んだ。閃光《せんこう》の如き速さ。

が、信じられないような〝激変〟が生じた。ほぼ地に伏さんとしていた宗次の全身が夜空へ弾《はじ》かれたように伸び上がった。相手の止《とど》めの一撃を制する速さだった。

全身が伸び上がっただけではない。その右腕が突き上げるようにして真面《まとも》に獣の下顎へ叩き込まれていた。

獣が「ぐあっ」と、のけぞる。その左横面へ宗次の回し蹴りがヒヨッと音立て炸裂した。なんと宗次の足先五本の指が、そ奴の皮膚を破り頬に食い込んだ。もんどり打って倒れる獣。しかし、宗次は倒れることを許さなかった。倒れようとする獣より、遥かに圧倒的な速さで、宗次の拳が獣の胸を打った。また打った。さらに打った。

打たれて獣は、胸骨が砕かれる音を立てながら、朽《く》ち木のように後ろへ倒れた。

「ぬぬぬぬっ……」

宗次が倒れて動かぬ獣を睨み据え、次に備えて全身を力ませた。ほっそりとした体の内側から、それこそ軋《きし》み立てるようにして筋肉が盛り上がる。それは宗次がこれ迄に誰に対しても見せたことのない、白肌の下深くに隠蔽《いんぺい》してあった鋼《はがね》の如き灼熱《しゃくねつ》のひと節《ふし》ひと節《ふし》であった。

獣は、起きなかった。

宗次の肉体がようやくひっそりと鎮《しず》まり、彼は白玉石の上に大の字になって崩れた。呼吸《いき》は乱れに乱れている。鳩尾《みぞおち》は今にも裏返しになりそうなほど激しく痙攣《けいれん》していた。

(なんてえ野郎だ……こいつのは当たり前の柔術《じゅうじゅつ》じゃあねえ……これがもしかすると耳にしていた琉球《りゅうきゅう》の拳業《こぶしわざ》か……ともかく……父上から伝授された業で助かった)

宗次は気が遠のきそうな苦しさの中で、そう思った。

宗次が反撃を加えた業は、文武の師であった今は亡き父から伝授された丸腰の際の格闘業であって、柔術でもなければ、琉球伝統の拳業でもなかった。では、浮世絵師宗次にそれほどの闘法を伝授したという宗次の父親とは一体何者なのか。

宗次は半時(約一時間)ほど白玉石の上に大の字になっていた。

かたわらの獣からは、もはや生きている気配は伝わってこない。

（これほどの業を私に伝授下さった父よ……あなたは本当に凄い御人だと、いま改めて思います）

そう胸の内で呟きながら、宗次はようやく上体を起こした。そろり、と。

鳩尾の痙攣はどうやら鎮まったが、肉体の節々はまだ泣いていた。

「い、痛え……」

そう漏《も》らして宗次は、よろりと立ち上がった。

獣のそばへ行き、反撃があるかも知れない事に用心しながら腰を下げた宗次は、其奴の首筋に手を当てた。

絶命していた。骸《むくろ》をさぐったが、素姓《すじょう》が判る物《もん》など何一つ持っていない。

「二十三人も危めていやがるとは……何者《なにもん》じゃい、こいつは」

吐き捨てるように呟いた宗次は裏山門まで引き返すと、和尚の居室がある庫《く》裏《り》の方向へ両手を合わせた。

（和尚。申し訳ねえ。已《や》む無《な》く境内を汚しちまったい。死人《しびと》ひとり残して行きやすんで、無縁仏で葬ってやってくんない）

両手を合わせ、深深と頭を下げると、宗次は裏山門から出た。

裏山門から出たのは、遠回りをしてなるべく人目に触れぬよう、鎌倉河岸へ戻るためだった。

「い、痛え……く、くっそう」

宗次は鳩尾を手で押さえ、夜空を仰いで大きく息を吸った。意識は半分ひっくり返っていた。

八

(この体の様子じゃあ、ひと騒動があったと知れるな)

と迷った宗次であったが、まだ沸騰している鳩尾がなんと空腹をも訴えていたので、宗次は「やめるか……」と迷いつつも居酒屋「しのぶ」の薄暖簾《うすのれん》を手で分けた。

閉じられている表戸——腰高障子——の向こうから、爪弾《つまび》く三味線《しゃみせん》の音、それに合わせて男達の歌う声、手拍子、笑い声などが入り混じって聞こえてくる。

今夜も「しのぶ」は大繁盛のようだった。

宗次は黙ってそっと表戸を開けた。いつも座っている調理場の前の横長の肘つき板を渡した席に、見紛《みまご》うことのない二人の男の背中を認めて、宗次が「お……」という顔つきになる。

調理場の主人、角之一《かくのいち》が宗次に気付いて、その二人の男の隣を頷きながら指差した。

角之一の手指の様子に気付いて、二人の男が振り返る。

一人は侍、もう一人はどことなく目明し風。

宗次は近寄って行きつつ、二人のどちらにともなく軽く腰を折った。

二人の男のうち侍の方は、「泥鰌《どじょう》のジゴロ」の異名で知られる北町奉行所の口うるさい市中取締方筆頭同心、飯田次五郎《いいだじごろう》だった。

そして、町人の方はこの界隈では名も顔も売っている「春日町《かすがちょう》の親分」こと恐持《こわも》ての平造《へいぞう》。目明しでは、この大江戸で三指に入る〝度胸の男〟で知られている。

春日町とは平造の住居《すまい》地を指していた（現・文京区春日界隈《かいわい》）。

「どうしたんでい宗次先生」

平造親分が宗次の様子の異常に気付かぬ筈もなく、囁き声を出して醬油樽の腰掛けから立ち上がった。角之一も目を見開いて驚いている。

「唇が切れてるじゃねえか先生。ま、とにかく座んねいよ」

飯田同心が矢張り小声で自分の横を顎の先で示した。

宗次にとっては、近頃頓《とみ》に交誼《こうぎ》を深めつつある、飯田同心と春日町の親分だった。飯田同心の幼い娘、そして平造親分の女房と赤子の姿絵を、宗次は無代で描いてやってもいる。

若き浮世絵師ながら今や天下一の評価をほしいままにしている宗次である。その宗次に無代で描いてもらった絵は、飯田同心にとっても平造親分にとっても、まさに家宝だった。

「何があったんだよ先生。畜生《ちくしよう》め、先生の顔に傷なんぞをつけやがって許せねえ」

今にも腕まくりをせんばかりに、平造が眦《まなじり》を吊り上げる。

「これで傷を拭きなよ、そっとね」

角之一の女房美代《みよ》が、きれいな布巾《ふきん》に酒をたっぷりと染み込ませて調理場から差し出し宗次が左手で受け取ろうとした。それを「俺がやるよ」と平造親分が宗次の左手を制した。

「なんだ、おい、左腕もえれえ腫れあがってるじゃねえか。こいつあ尋常じゃあねえ」

それまで着物の袖に隠されていた宗次の紫色に腫れあがった左腕に、飯田同心が気付いて目をむいた。そうとは知らぬ店の中は一層のこと賑《にぎ》やかだ。

「大変だ」と角之一が青ざめる。

すると角之一の女房美代が、御櫃《おひつ》の中の飯を擂《す》り鉢に入れ、その上から酢をなみなみと注いで擂《す》り粉木《こぎ》で飯を擂り潰し始めた。

その手際よい様子に、飯田同心が納得してか「うん」と頷く。

血を滲《にじ》ませている宗次の頬、顎、唇の端などを布巾で清めた平造親分が手を休めた。目つきが厳しく鋭くなっている。下手人捕縛では抜きん出た手柄を立てて、飯田同心を力強く支えている平造だ。

「話してくんない先生、何がありやした」と、小声を忘れない平造だった。

「なあに、酔っ払いに絡まれただけだ」

「紫色に腫れあがったその左腕。酔っ払いの力で出来る事じゃござんせん」

「丸太ん棒を手に殴りかかってきたもんでよ」

「打ちかかってきた丸太ん棒を左腕で受けたらどうなるか。学《がく》のないこの平造にだって判りまさあ」

「そう責めんでくれ親分」

「責めてなどいやせん。浮世絵の宗次先生はこの界隈の町人衆にとっちゃあ、心の安らぎになる人なんだ。描きなさる絵は、半端なもんじゃねえ。誰もがこの大江戸の宝だと思っておりやすよ」

「う、痛《いて》え……」と、宗次が思わず顔をしかめる。

飯田同心が擂り鉢の中の、糊状態になったものを怖《こわ》い顔でブツブツ言いながら宗次の左腕に塗り始めたのだ。

辺りに酢の匂いが漂い始めていたが、酒を飲み歌って笑って騒いでいる客達は気付かない。

調理場の前の客席は、何かと口うるさい飯田同心と恐持《こわも》ての親分が陣取っていることもあって、幸いなことに宗次を加えて三人だけだった。

「痛え……」と、宗次がまた顔を歪《ゆが》める。

「我慢しねえ。これでも優しく塗ってるんだぜ先生」と、飯田同心がジロリとした目で宗次を見た。

「早く柴野南州《しばのなんしゅう》先生に診て貰った方がいいよう」

〝宗次大好き〟の美代は、気が気でない様子だ。

「うん、柴野先生に診て貰った方がいい」と、角之一が女房の言葉に相槌《あいづち》を打つ。

宗次の左腕の殆どを糊で被《おお》い終えた飯田同心に、美代が晒布《さらし》を差し出した。

「亭主の褌《ふんどし》じゃねえだろうな」

「飯屋や居酒屋には、晒しの一巻《ひとまき》や二巻《ふたまき》、ちゃんと備えがありますよ旦那。料理をつくるのに重宝《ちょうほう》することもあるんですから」

美代が真顔で言い、角之一が「うん」と頷く。

「そうかえ。すまねえ」

宗次の左腕に晒布《さらし》を巻き終えると、飯田同心は一つ息を吐いてから、ぐい飲み盃の中に残っていた酒を飲み干した。

「有難うござんす飯田の旦那」

「平造も心配しているんだ。酔っ払いとの単なる喧嘩ですませる気けえ」

「すませるも何も、単なる喧嘩でございやすから」

「心配してやってんのに強情だぜ、浮世絵の先生もよ」

言い終えて飯田同心は手酌をし、宗次のぐい飲み盃へも酒を注いだ。平造親分はまだ、厳しい目で宗次を見つめている。

「平造、もう止しねえ。先生も負けん気の強い御人だから、言わねえと決め込んだら梃《てこ》でも動かぬ、いや、言わねえだろうからよ」

「へい、全くで」

平造がようやく表情を和らげ、「ほい、先生」と徳利を差し出した。

宗次は飯田同心に注いで貰った酒を空にし、恐持て親分の酒を受けた。

「腹が少しへってんだ。何か旨い物《もん》ねえかい」

宗次は美代と目を合わせた。

「心配かけといて、よく言うよ、この人ったら」

不機嫌そうに答えながらも、美代はいそいそとした動きで、二つ三つの皿や碗《わん》に、ぶり大根と南瓜《かぼちゃ》の煮もの、きんぴら牛蒡《ごぼう》などを盛り付けた。

南瓜がカンボジアから鹿児島を経由して江戸に入ってきたのは、元和《げんな》、寛永《かんえい》の頃（一六一五年〜一六四四年）で、はじめのうち江戸っ子はその異様な形を気味悪がって余り食べなかった。が、いま「しのぶ」では積極的にこれを客に出し人気の食べ物となっている。カンボジアは中国から見て南の方角に位置することからその異様な〝野菜〟を南瓜と書くようになったとかで、やがてカボチャという読み方になったとかいう。

「今朝《けさ》、河岸《かし》に入ったぴかぴかの秋刀魚《さんま》をいま焼いてやるから待ってな」

美代が宗次の前に皿や碗を並べながら、ようやく母親が子を見るような優しい目つきになった。

右手だけで惣菜に箸をつけ、酒を飲む宗次を、平造親分四十一歳がこれも弟を見守るような目つきになっている。

口うるさい事で江戸の庶民から敬遠されることの多い飯田同心にしても同じだった。宗次の描く絵、宗次の話、宗次の人柄によって心の安らぎを得ている彼等だった。角之一も女房美代も、八軒長屋の住民たちも皆、そうである。

「ほらよ」

焼いた大ぶりの秋刀魚を、美代が宗次の前に置いた。湯気を立てている。

「旨そうだな。御飯をくんない女将」

「おや、もう御飯かい」

「空きっ腹なんだ」

「味噌汁はいるかい」

「うん」

「じゃあ玉子を落としてやるよ」

「松茸《まつたけ》の土びん蒸しも出してやんない」と角之一が付け加えると、「その積もりだよ」と美代が返した。

この時だった。こわ張った顔つきの若い男が店に入ってくると、脇目もふらぬ態《てぃ》で平造親分のそばにやってきた。

平造が幾人か使っている小者（下っ引き）の内の一人、五平《ごへい》だった。

その五平が恐持て親分平造の耳元で何事かを囁き、「なんだと……」と親分が眦《まなじり》を吊り上げた。

飯田同心が「どうした？」という顔を平造に向けると、平造が右手の人差し指を突き出して、斜めにサッと短く走らせた。

辻斬りが出た、という手振りだ。

飯田同心が目つきを変えて頷き、肘つき台に立てかけてあった大刀をわし摑みに立ち上がった。

平造親分も腰を上げる。

「先生よ、明日にでも必ず柴野南州先生を訪ねなせえよ」

平造親分はそう言い残して、五平を促し宗次から離れた。

飯田同心も、黙って軽く宗次の肩に触れ、彼等は「しのぶ」から足早に出ていった。

「嫌だねえ、また事件だよ」

美代が顔をしかめて呟き、「このところ何だか物騒だぜ」と角之一もこぼした。

宗次は一言も発せず箸の先で焼き秋刀魚の身をほぐしていた。大好物だ。

視野の端で宗次は、平造親分が見せた手指の動きを、むろん捉えていた。それが辻斬りを意味していることも、承知している。

「はいよ」と、美代が玉子を落とした熱々の味噌汁を宗次に差し出し、宗次は嬉しそうに笑みを返した。

九

翌朝巳《み》ノ刻・昼四ツ頃（午前十時頃）、宗次は内濠牛ヶ淵《うちぼりうしがふち》に架かる「忍び御門」と向き合う位置に在る飛州藩十三万石松平家上屋敷の御門前に立った。

「忍び御門」とは、清水《しみず》御門と雉子橋《きじばし》御門の間に設けられた、真新しい小振りな御門だった。この御門前界隈は御用屋敷、大名・大身旗本屋敷が建ち並んでおり、したがって町人達が往き来する事は殆ど無い。

つまり「忍び御門」の存在を知る庶民は少なく、またその小振りな真新しい御門と、その御門に向け牛ヶ淵を跨《また》ぎ新しく架けられた小幅な木橋が何のために設けられたのかについても庶民が知る事はなかった。

今朝の宗次は着物をいつもの日常用とは改め、なんと腰に小刀《しょうとう》を帯びていた。

小刀を帯びているところを長屋の住人に見られるのを避けるため、宗次は庭から裏路地伝いに表通りへ抜け出していた。

「当屋敷に何か御用ですかな」

着流しとは言え一目で安物ではないと判る着物を着て小刀を帯びる宗次が、余程のこと凜《りん》として位《くらい》高く見えたのか、松平家上屋敷の若くはない門衛（中《ちゅう》間《げん》）の言葉つきは横柄無礼ではなかった。

宗次は門衛に向かって丁寧に腰を折ってから、静かに近付いていった。

五尺七寸はありそうなすらりとした体、濃紺の着流しに薄茶の帯、それに差し通した白柄《しらつか》の小刀。確かに凜として見えぬ筈のない宗次だった。

その人物に近寄られて、門衛の表情が少し緊張している。

「私、当お屋敷の尾野倉才蔵様にお目にかかりたく訪ねて参りました、浮世絵師の宗次と申す者でございます」

いつものべらんめえ調子でない、宗次の話し様《よう》であった。

「なんと……」

と、門衛は即座に驚きの反応を見せた。浮世絵師宗次の名を、門衛は知っていたのだ。

それはそうであろう。狭隘不遜《きょうあいふそん》な己れの才知人格に気付かぬ傲慢《ごうまん》な御用絵師たちから、「ふん、尻の青い町絵師のくせに……」と見られようが見られまいが、今や大名・大身旗本家、大寺院などから次次と声がかかる人気絵師の宗次である。町人たちの宗次評価は「よっ、天下一」だ。

「本当に……浮世絵師の宗次先生で？」

先生、を付けることを忘れず、門衛は宗次の顔を見、次に腰の小刀に視線を移し、そして再び宗次と目を合わせた。

「はい、浮世絵師宗次で間違いございません。先生、はご勘弁願いたいですが」

「尾野倉様に、一体どのような御用でございますか」

「いえ、それは御本人にしか申し上げられません」

「お付き合いが、ございますので？」

「お顔を存じあげている程度で、今日が初対面と申して宜しいでしょう。が、非常に大事な話で参りました」

「浮世絵のことですか」

「うーん。話の進み様《よう》によっては、あり得ましょうか」

「左様ですか……先生、下顎と頰に少し傷がありますね。いかがなされましたので」

「絵描きは注文を戴きます絵によっては、山、谷、川、海など色色な場所へ出かけます。擦《す》り傷、切り傷、なんぞは日常茶飯事《さはんじ》でございますよ」

「なるほど……そうでしょうねえ。ちょっとお待ちになって下さい」

門衛は潜り戸を開けて邸内へ姿を消した。

すると入れ替わって、若い門衛が出て来て、宗次に対し深深と頭を下げたから、宗次も「ご免くださいませ」と丁寧に腰を折って返した。

その門衛が言った。少し興奮気味な口ぶりだった。

「少し前のことですが、御正室様の姿絵を宗次先生に御願いする話が、奥向きであったようです。私たち下位の者には、詳しくは判らぬ事ですが」

宗次は答える代わりに、ニコリと微笑むだけにした。

宗次が答えないためか、若い門衛は次の言葉が見つからないらしく、下向き加減に沈黙してしまった。

邸内へ消えた先程の門衛が潜り門から出てきた。

「どうぞ御入り下さい」

「宜しいのですか」

「はい。お許しが出ました。但し尾野倉様には、お目にかかれないかも知れません」と、門衛の声が急に低くなった。

「え？」

「私からは、それくらいの事しか申せません。あとは先生が、尾野倉様の御同輩から、直接お聞きになって下さい。ともかく、さ、どうぞ」

言われて宗次は、潜り門を入った。

宗次の背後で潜り門が小さく軋《きし》んで閉じられ、彼一人となった。

親藩十三万石大名の江戸上屋敷ともなると、さすがに壮大であった。五〇〇坪はあろう敷地南側は長大な長屋塀となっており、その丁度、中央の部分に二層の櫓門《やぐらもん》が建てられて、これが御正門（表御門）だった。左右に潜り門を有し、日常的に使用されているのは宗次が邸内へ入った右側の潜り門である。

門衛は日常の潜り門の前に、常時一人そして内側にも一人。

明暦の大火までの大名屋敷は豪壮華麗なものが少なくなかったが、大火後はそれが消えて、機能性を重視した質実な傾向を強めていた。

邸内に入った宗次は、途惑《とまど》うことはなかった。表御門から右手方向へ石畳が伸びており、そこに立派な式台付玄関があった。

その玄関に三十半ばくらいの侍が、いかめしい顔つきで立っていて、宗次と目が合うと無表情に頷いて見せた。近《ちこ》う参れ、とでも言うように。

（かなり剣術が出来そうだな……スキが全くない）と、宗次は感じつつ、相手に向かって頭を下げてから近付いていった。

（えらく静かだな）と宗次は感じた。

「あの有名な浮世絵師の宗次殿……とな」

「はい、浮世絵師の宗次でございます。突然にお訪ね致しましたる無作法、なにとぞ御容赦《ごようしゃ》下さりませ」

「うむ。それはよいが、其方《そなた》のその姿形《なり》、とても浮世絵師には見えぬな。もと武士であったのではないのか」

「いえ、生まれながらにして町人でございます。町人絵師でございます」

「本当《まこと》か」

「はい。本当《まこと》でございます」

「尾野倉才蔵殿に会いたいとか」

「会って申し上げたい事、お訊き致したい事がございます。表御門の警衛の方から、先ず尾野倉様の御同輩の方にお会いするようにと告げられましてございますが」

「私がその同輩だ。尾野倉殿と二人一組で同じ任務に就いておってな、古坂《ふるさか》重三郎《じゅうざぶろう》と申す」

「恐れ入ります」

「尾野倉殿に、何を話し、何を訊きたいのじゃ。それについて先ず私に打ち明けてくれぬか」

「出来れば尾野倉様に直接に……」

「それは出来ぬ。まず私だ。それで私を納得させたなら、尾野倉殿に引き合わそう」

「古坂様」

「なんじゃ」

「もしや尾野倉様に何かございましたので？」

「なぜ、そう思うのか」

「……」

「宗次殿、是非に話して下され。私を信用して下さって心配ありませぬから」

それまでの古坂の口調が、やわらかく丁寧なものに変わった。

宗次は会った時から古坂に不快感は全く抱いていなかった。青菜くさい侍が目立つ昨今、珍しく颯爽《さっそう》武骨な心地《ここち》良い印象を受けていた。

宗次は少し考え込む様子を見せてから切り出した。

「判りました。申し上げましょう」

「左様か。ま、ともかく上がって下され。ここで長話という訳にも参りませぬからな」

「はい。それでは厚かましく失礼させて戴きましょう」

宗次は雪駄を脱いで玄関式台にあがり、古坂重三郎に促されて直ぐ右手の部屋に入り、向き合って座った。

誰もいない十六畳の部屋であったが、「大番所」と称して普段は藩士が詰めている部屋だった。が、今日は誰の姿もない。予《あらかじ》め宗次を迎え入れるために藩士達を他の部屋へ移した、などという事は出来ない筈だ。

なにしろ、宗次は不意に訪れている。

「今日は茶菓の接待が出来申さぬが、許して下され宗次殿」

古坂が、ちょっと笑って言った。

「あ、いや、御気遣いありませぬよう」

「今日は年に一度の御蔵の整理整頓かつ大掃除の日なのですよ。藩士達の多くは、敷地奥の五か所に在る大きな御蔵部屋へ詰めておりましてな」

表御門を入って直ぐに感じた深い静けさはそのせいだったのかと、宗次は納得した。

「さて、聞かせて下され宗次殿」

と、古坂重三郎は青菜くさくない表情を改め、宗次も「はい」と応じた。

「その前に……古坂様は尾野倉様から何も聞かされてはいらっしゃらないので？」

「ともかく先に其方《そなた》の話を聞かせて下され」

「そうですか。宜しゅうございます」

宗次は卑劣侍とやらの騒動で、自分が直接見たこと、玄兵長屋の住人である綿打ち職人喜六《きろく》から聞いたこと、そして自分が起こさざるを得なかった行動、などについて淡淡たる口調で古坂重三郎に話して聞かせた。ただ京都所司代戸《と》田山城守忠昌《だやましろのかみただまさ》が、町奉行宮崎若狭守重成《みやざきわかさのかみしげなり》に宛てた書状の件だけは〝様子見〟で伏せておいた。

古坂は話の途中で幾度か驚きの表情を見せたが、しかし宗次の話を遮《さえぎ》ったりするようなことはなかった。

「う、うむ……」

聞き終えて古坂重三郎は、腕組をし天井を仰いで大きな溜息を一つ吐いた。

どうやら尾野倉から何一つ聞かされていないらしい古坂の表情だった。

しかし宗次は急がず、古坂の言葉を待った。

「もう一度だけ念押しで訊ねたい宗次殿」

「どうぞ何なりと……」

「宗次殿は本当《まこと》に町人絵師でありますな」

「自他ともに認める町人絵師です。今日腰に帯びております白柄の小刀は、役者絵などの仕事の際に用います鈍《なまくら》であり、飛州藩上屋敷をお訪ねするために見栄作法《みえさほう》として身に着けましたるもの」

「なるほど……天下一とも聞いておる宗次殿ほどの人気絵師ともなれば、その見栄作法も理解は出来るが……それにしてもどことのう町人には見えぬなあ」

「お侍の姿絵を依頼されることも少なくありませぬから、それで武士の雰囲気が身に付いてしまったのかも知れません」

「左様か。ま、そういう事に致しておこう。ところでいま宗次殿から聞かされた尾野倉才蔵殿についてだが、本人とは大いに違う点があり申す」

「ほう……と申しますと？」

「第一に、尾野倉才蔵殿は決して卑劣侍などではありませぬよ。柳生新陰流の遣い手として藩では一、二の手練《てだれ》であり、また朱子学《しゅしがく》にも優れ、飛州藩京屋敷に詰める武士達を教育する立場にもありましたよ。京《みやこ》の妻の生家には妻と子を残して単身《ひとり》江戸へ参っておるが、夫婦仲は至って良い」

「………」

「それだけではない。尾野倉才蔵殿は、本草学《ほんぞうがく》（薬学）の権威として京《みやこ》では知られた西山東沢《にしやまとうたく》先生に師事し、学び得た知識・医術で貧しい者たち特に幼小児の病に対し、それこそ自己犠牲的に貢献してきた。いま申し上げたそれらの事は、お調べ書が証明しておりますよ」

「それはまた……で、お調べ書と申しますのは？」

と、宗次は驚きつつ訊ねた。まさに卑劣侍とは思えぬ尾野倉才蔵の姿であった。

「うん。京屋敷預かり役筆頭の立場から江戸上屋敷の上級役職に正式な人事として栄転を果たす際にですな、京屋敷から江戸家老に宛て勤務品行等のお調べ書が届きます。が、しかしこれには一点の曇りもなかったと御家老から聞かされており申す。つまり宗次殿が申された宮小路家と尾野倉殿との間に生じたとされる不祥事などは、どこにも認められないということになる。宗次殿、尾野倉殿は何も京から江戸へ、遁走《とんそう》した訳ではありませぬよ」

「いま申された京屋敷から江戸家老に宛てた人事上のお調べ書とやらは信用できるのですか」

「私情を挟んで偽りを書けば、それこそお調べ役は切腹ものです。いや、打ち首かな」

「うむ。ま、そうでしょうな」

「わが藩公は、そういう事には非常に厳しい御方ですよ。家臣の考課には一点の曇りがあってもならぬ、という」

「なるほど。ところで古坂様、尾野倉才蔵様に矢張り何かあったのではありませんか。聞けば尾野倉様と対峙《たいじ》した山井与衛門《やまいよえもん》なる者は六十六歳という高齢ながら、相当な手練《てだれ》であった様子。柳生新陰流の遣い手ながら、もしや尾野倉様の身に……」

「宗次殿」

「はい」

「誰にも言わぬと約束して下さるか。もし漏らせば、藩の名誉のため私の刀で其方《そなた》の命を奪《と》らねばならぬ」

「この浮世絵師宗次、めっぽう口の固い男でございます」

「左様か……藩や尾野倉殿の名誉のためにも此度《こたび》の騒ぎは余り表に出したくはないのじゃが……しかし宗次殿には打ち明けましょう。尾野倉殿はいま絶対安静の中にある。出血が止まらぬのだ」

「えっ」

「その六十六歳とやらの老剣士との対峙で、左肘上を深く縦に割られ、上屋敷の門前まで辛うじて辿《たど》り着いたが、そのまま意識を失《うしの》うてしまい今日に至っており申す。意識を失う寸前に彼が言い残した言葉は、不覚、のみ」

「なんと……で、藩医の診立ては？」

「漢方医としては極めて名医じゃが、出血を弱めることは出来ても完全に止めることには苦心致しておりますようでな。なんでも太い血の道が二か所傷つけられておるとか」

「太い血の道が切断されているということで？」

「いや、切断ではなく傷つけられた状態、と聞いておるが」

「古坂様」

「なんじゃ」

「この浮世絵師宗次に一人の町の名医を紹介させて下さいませんか。血の道の外科に優れた蘭方医です」

「それは出来ぬよ宗次殿。出来ぬ」

「なぜです。有能な一人の侍の命がかかっております」

「町の医師の手当などを受ければ、此度の藩と尾野倉殿の不名誉が必ず江戸市中に大きく広がり、そうなると江戸城の上様の耳にも入りかねぬ。場合によっては親藩松平家の浮沈にかかわってくる恐れがある」

「医術だけでなく、人間的にも信頼できる蘭方医です。出血は必ず止めてくれますよ。この宗次、紹介する以上は命をかけて責任を負います」

「宗次殿が命を？」

「はい」

「其方《そなた》の素姓《すじよう》が知りたいのう。矢張り只の町絵師などではないであろう。命をかけて責任を負うなど、町人には言えぬ言葉ぞ。其方、一体何者じゃ」

「……」

「先程から訊《き》こう訊こうと思うておったが、頬、顎、唇などに小さいが傷を負うておられるな。それも新しい傷のようじゃ。それにどうやら左腕の動かし様《よう》も、傷《いた》めているかのように見えて不自然」

「そ、それは……」

「ま、宜しかろう。問い詰めたところで、酔っ払った末の単なる喧嘩と言い繕うであろうからな。それよりも真《まこと》の素姓を明かされたい宗次殿」

「明かせば尾野倉様のため、その蘭方医を受け入れて下さると？」

「努力致そう……いや、受け入れると約束致そう。藩にとっても私にとっても尾野倉殿は大切な武士《もののふ》であり同輩じゃ」

「受け入れるという約束に親藩十三万石を賭けて下さいまするな」

宗次の目つきが少し険しくなり、口調が変わった。

「よかろう。私と私の家族の命を担保として十三万石を賭け致そうか」

「左様ですか、判りました」

宗次は古坂重三郎の目を見た。

これは只事ではないとでも感じたのか、古坂の表情がやや強張《こわば》った。

宗次が穏やかに口を開いた。侍言葉であった。

「古坂様は今は亡き、梁伊対馬守隆房《やないつしまのかみたかふさ》の名を御存じでありまするか」

「知るも知らぬも、我ら武士にとっては神にも等しい雲の上の大剣客、いや大剣聖として崇《あが》めるべき御人《おひと》でござる。我我ごとき未熟者は軽軽しくその御名を口に出来ぬ程の偉大なる大人物。して、その大剣聖が如何《いかが》なされた」

「我が父でありまする」

「え?」

「梁伊対馬守隆房は、我が父であり文武の師でありまする」

「な、なんと……」

古坂重三郎は口を半開きにして、茫然《ぼうぜん》たる顔つきとなった。

「揚真《ようしんりゅう》流兵法の開祖である大剣聖、梁伊対馬守様が御父上であり師であると申されるか」

「はい」

「しょ、証拠は？」

「お見せして、これぞ証拠、というようなものは持ち合わせてはおりませぬよ。強《し》いて申さば、いま小刀しか腰に帯びぬ私に古坂様がたとえ抜き打ちで斬りかかっても絶対に私に勝てぬ、ということ」

「なにっ」と古坂の眦《まなじり》が吊り上がった。右手が大刀の柄《つか》にかかっている。

「お気を悪くなされまするな。亡き父が私に求めた、それほどの厳しくて恐ろしい修練に耐えに耐えてきた、ということを申し上げたかったのです」

「私はこれでも神伝《しんでん》一刀流の免許皆伝だぞ」

「それでも私には勝てませぬ。到底勝てませぬ。お疑いなら試されるが宜しい。どうぞ」

「うぬぬ……」

「遠慮なさらなくてもよい」

古坂重三郎を見つめる宗次の眼指《まなざし》は穏やかで涼しかった。

一方の古坂の目つきは爛爛《らんらん》として、今にも斬りかからんばかりである。

だが、それは長くは続かなかった。

暫く、という程も経《た》ぬ内に大きな息を一つ吐き、

「うむ……。大変失礼致した。私の言葉・態度に上から下を見下すような点あったなら、心からお詫び致しまするよ宗次先生」

古坂は、はじめて宗次に対し〝先生〟を付《ふ》し深深と頭を下げ、それを受けて宗次は微笑んだ。

「私の素姓に関して一つお願いがありまする古坂様」

「謹んでお受け致しまする。何なりと」

「かたじけない。私の父が梁伊対馬守隆房である、という事実以外については如何なる場合も今後、お訊ね下さいまするな」

「確かに承知申し上げまする。また只今知り得ました事については決して他言致しませぬ」

「有難や。これを縁にこの宗次をいかなる場合も浮世絵師とみて親しくお付き合い下され」

「栄誉なこと。こちらこそ宜敷くお願い申し上げます。また、機会あらば是非とも揚真流兵法を御教え下され」

「心得ました」

「ところで宗次先生。思いがけず面倒を見る事になられた宮小路高子《みやのこうじたかこ》様の今後を、如何《いかが》なされるお積もりですか」

「今はまだ方向が決まっておりませぬ。それよりも一刻も早く、ご紹介申し上げたい蘭方の名医柴野南州先生をお連れ申さねば」

「左様でありましたな。ご面倒をお掛け致す。私はこれより御家老にこのことを申し上げて参りましょう」

「御家老が首を横に振る心配はありませぬか」

「ありませぬ。それは絶対にありませぬ。私は御家老に信頼されております。御安心下され」

「よかった。なによりです」

宗次は目を細めてゆっくりと腰を上げ、古坂重三郎もそれに倣《なら》った。

十

蘭方の名医柴野南州が宗次の求めに応じて飛州藩上屋敷を訪れ、尾野倉才蔵の血の道の縫合《ほうごう》に成功し、出血を完全に止める事が出来たのは、その翌日の卯《う》ノ刻・明け六ツ頃（午前六時頃）であった。

南州は産婆《さんば》の手に負えない命にもかかわる難産の妊婦二人に対応していたため、宗次の求めに即座に応じる事が出来なかった。したがって飛州藩邸の潜り門を潜ったのは翌八ツ半頃（午前三時頃）である。

宗次は、南州の手術が終るまで別室でひとり待機し、顔馴染《なじ》みの助手から「手術に成功、完全に止血」の報が齎《もたら》されると、誰の見送りも受けずに玄関へ向かった。

ひと眠りもしていない宗次であったが、頭は冴《さ》え切っていた。

南州の手術が始まってからは、古坂重三郎は一体何処《どこ》にいるのか全く姿を見せていない。

が、気にもせず宗次は藩邸の表御門を出た。

明け六ツを過ぎた外はすでに明るい。

宗次は、尾野倉才蔵は恐らく助かるまい、と思った。

たとえ名医南州の止血手術が成功しても、なにしろ出血が続いていたのだ。もはや体の血の相当な部分が失われていよう、と宗次にも見当はつく。

藩邸の南を左へ折れようとしたとき、「宗次殿……」と後ろから呼び止める声があった。

古坂重三郎の声だと判って、宗次はゆっくりと振り向いた。

小駈けに近付いてきた古坂は、宗次に向かって先《ま》ず丁寧に頭を下げた。

「大変お世話になり申した。感謝いたしまする。御家老が御礼を申し上げたいと、御用部屋でお待ちです。戻って戴きたいのですが」

「いや、御礼の言葉なら南州先生と有能な二人の助手へ申し上げて下さい。浮世絵師宗次には結構です。浮世絵師には」

「ならば宗次殿……この場で」と、古坂の表情が改まった。

「何ぞ宜しくない話をお持ちになりましたな」

「確かに、よい話ではありませぬ。実は、昨夜の宿直《とのい》が盛塚小平《もりづかこへい》というこれも私と御役目を同じくする同輩なのですが、三年前に京屋敷より江戸屋敷へ配置替えとなった者でありましてな」

「ほう……」

「その者と先程、宿直部屋《とのい》にて尾野倉殿の事で少し話したのだが、宮小路家などという公家は京《みやこ》で聞いた事がないと申しておりました」

「なんと……」

「盛塚小平は私よりも若いのですが、書道をよくするなかなかの人物でありまして、決していい加減な事を申すような人間ではない。宮小路家などという公家は京で聞いた事がない、という盛塚の言葉は信用できるかなと思いまするが」

「うむ……」

「昨日、宗次殿と私の間で交わしましたる話でありますが、宗次殿の御父上が大剣聖梁伊対馬守隆房様であられたこと以外については、御家老にも詳しく打ち明けてござる。そこで御相談なのですが、盛塚小平が申したこと、そのまま御家老に直ぐさま報告すべきかどうか」

「いや、古坂様。それは暫《しばら》くお待ち下され。宮小路家が京に存在しないとなれば、宮小路高子なる美しい娘は一体何者かということになります。これについては慎重に調べねばなりません。八〇〇石取りの公家の扱いを一歩誤れば、飛州藩と雖《いえど》もお咎《とが》めの及ぶ危険がありまするから」

「それは確かに……」

「宮小路高子のこと、宮小路家が京に存在するのかしないのか、も含めて私に暫く調べを任せて下さいませぬか。何か判れば必ず御知らせします」

「判りました。宗次殿からの一報を待ちましょう。それでは急ぎ盛塚小平に対しても他言を控えさせねばなりませぬゆえ、私はこれで……」

「尾野倉才蔵様の容態《ようだい》が急変したならば、面倒かけまするが小者を走らせ知らせて戴けませぬか。私の住居《すまい》は鎌倉河岸の八軒長屋。あの界隈で訊けば直ぐに判りまする」

「承知しました。それでは……」

古坂は一礼すると、小駈けに戻っていった。

宗次は腕組をしてゆっくりと歩き出した。深刻な顔つきだった。

宮小路家は京に存在しない——青天の霹靂《へきれき》とも言える盛塚小平とやらの言葉に、さしもの宗次も次に打つ手に戸惑った。

(宮小路家が京に存在しないとなると、京都所司代から江戸の町奉行に宛てた書状も怪しくなってくる……それとも……盛塚小平は偽りを言っているのであろうか)

あれこれ考えながら宗次は飛州藩邸から遠ざかった。

いま宗次の懐には、大身旗本津木谷能登守定行が認《したた》めた、伝奏屋敷安村雄之進宛ての書状が入っている。

だがその書状を頼りに伝奏屋敷を訪ね、安易に宮小路家のことをあれこれ訊《たず》ねてよいものかどうか、宗次は迷い出した。

伝奏屋敷を訪れること自体にも嫌な予感を覚え始めていた。

やがてその予感が、かつてない恐ろしい〝姿〟で立ち向かってこようなど、この時の宗次はまだ読めていなかった。

「さあて、どう動けばいいか」

呟いた宗次の脳裏に、北町奉行所同心飯田次五郎と春日町の親分平造の顔が浮かんで消えた。

（あの二人に今回の騒動をいつ迄も黙り通す訳にゃあいかねえ。いや、地獄耳と言われている平造親分のことだ。すでに耳に入っているかも知れねえやな。「しのぶ」で出会ったとき騒ぎの事について親分が何一つ言わなかったのは、それが私の口から先に出るのを待っていたのかも……）

これまでの浅からぬ付き合いから見てそれはありうる、と宗次は思った。

宗次の足が小さな迷いを見せながら止まった。

（ともかく先ず平造親分に一度会《お》うてみるか。飛州藩の名誉が絡んでいる点についちゃあ迂闊《うかつ》に明かせねえが、滅法《めっぽう》顔が広い平造親分のことだ。何ぞ役に立ってくれるかも知れねえ）

そう思って宗次は思い出したように辺りを見まわした。幕府御用屋敷や大名屋敷に囲まれた広大な火除《ひよ》け地の手前に来ていた。忍び御門から四、五町《ちょう》ばかり来た濠端《ほりばた》だ。

明暦の大火後に設けられた広大な火除け地はその周囲を松の木で囲まれてい

たが、その内側は白い小さな秋の花が密集して咲く、丈《たけ》の低い雑草が生い繁《しげ》るばかりだった。

造りが見事な周りの御用屋敷や大名屋敷の大屋根に遮られて、朝陽《あさひ》はその火除け地の中へはまだ差し込んでいない。

平造親分の住居《すまい》の方角に向けて、宗次は火除け地を斜めに横切り出した。

大勢の犠牲者を出した明暦の大火に懲《こ》りて幕府が設けた火除け地は、このように広大なものが江戸市中に何か所かある。

「可愛《かわい》い花よな」

火除け地に入って直ぐ、足元の小さな白い花を一つ宗次は摘《つ》み取ろうとして、思い直したようにその手を引っ込めた。

「地に根を張っていてこそ綺麗な花だあな」

宗次は歩き出した。

すると向こうから肩に木箱をのせて、法被《はっぴ》姿の大工風二人が勢いのある歩き様でやってきた。

「おや宗次先生、今日はこの火除け地で絵仕事ですかい」

「おう、碌《ろく》さんに伝《でん》さん今からかえ」

「へい、今日から五日間は、この火除け地を出て直ぐ右手の御旗本諏訪左衛《すわさえ》門尉高信《もんのじょうたかのぶ》様の御屋敷仕事でござんすよ」

「そうかえ。ま、せいぜい稼ぎなせえ」

「先生は？」

「これから春日町へ」

「あ、それなら此処《ここ》を斜めに横切れば、近うござんすね」

「日が落ちたら火除地なんぞを通るのは止しねえ。面倒でも安心な遠回りを選ぶこった。この近くに辻斬りが出たらしいんでよ」

「心得ておりやす。では、先生……」

「そのうちまた、いい、しのぶで会いやしょうや」

「喜んで……」

双方それぞれの方角へ歩き出した。大工の碌さんと伝さんは急ぎ足で。

宗次は考え考えのような、ゆっくりとした足どりで。

江戸の職人たちが勤めに出始める刻限は大体今ごろ、朝六ツ半前後（午前七時前後）である。町木戸が左右に開き、大店《おおだな》の小僧達が何枚もある結構重い表戸を開け外《はず》すのが明け六ツ頃だ（午前六時頃）。

規則正しい職人や商人に比べれば、徹夜仕事や深夜仕事が少なくない宗次の絵仕事は不規則の極みだった。

宗次が火除け地の中央あたりまで来たとき、碌さんと伝さんはすでに火除け地から出てその後ろ姿は無かった。

と、宗次の歩みが緩やかになって、その表情が「ん？」となった。

視線が少し先の一点に注がれている。

そこに、咲き乱れる白い小さな花に包まれるかのようにして、男が背筋を丸めて正座をしていた。

まだ若い。二十歳《はたち》前後に見える。月代《さかやき》は綺麗に剃り顔立ち卑《いや》しくなく、身形《みなり》は豊かな家庭で育ったかのようであった。腰に二刀を帯びている。

宗次がいぶかし気《げ》に近付いていくと、男、いや若侍はスウッと立ち上がった。小柄ではない。

「浮世絵師の宗次先生やね」

またしても上方《かみがた》言葉であった。目を細めて笑っている。薄気味悪い笑いではなかった。陰のない明るい親しみを覚える笑いだ。

宗次は答えなかった。答える代わりに右の手先がピクリと微《かす》かに震えた。

「浮世絵師の宗次先生かと聞いてるんや。答えんかいな」

若侍の明るい笑いが、不意にニタリとしたものに変わって、宗次の背に名状し難い悪寒《おかん》が走った。

異様な冷気を、宗次はまともに顔に浴びて、針で刺されたように戦慄した。

十一

「ふん、賢《かしこ》そうな振《ふ》りして天才人気絵師を気取りやがって……阿呆《あほ》が」

若侍は吐き捨てたが、目は相変わらず薄気味悪く笑っている。どうやら沈黙して答えぬ宗次を、「浮世絵師の宗次先生」と確信したようだった。

「何が浮世絵先生や。賢そうな振りさらしやがって……笑わせせんな」

また吐き捨てた若侍であったが、今度はその目から薄気味悪い笑いは消えていた。なぜか「賢そうな振り」の言葉の部分だけを不自然なほどに強めている。まるで劣等感《れっとうかん》を抱えた苛立《いらだ》ち者《もの》のように。

宗次は、相手を見据え依然として沈黙。

と、何を思ったか若侍は、白衣《びゃくえ》の袂《たもと》から明らかに真新しいと判る白手拭《てぬぐ》いを取り出すと、鼻柱から下をそれで覆《おお》った。

つまり覆面をしたようになった。

(はて?……面妖《めんよう》な)と、宗次は胸の内で小さく首を傾《かし》げた。若侍は端《はな》から素《す》面《めん》で現われたのだ。いまさら面隠《つらかく》しはおかしい。

それに宗次は、人様《ひとさま》に請《こ》われその顔を描いて描いて描き続ける辛《つら》さに耐えて、今日《こんにち》の浮世絵師の地位を築き上げたのだ。たとえ若侍がはじめから覆面で現われたとしても、相手の額《ひたい》のかたちや眉《まゆ》や目の流れ具合《ぐあい》、覆面に隠された鼻柱の膨らみ加減、そして頬骨の張り具合などで、その面相を極めて明確に脳裏に描ける。

つまり面隠《つらかく》しなんぞは、宗次に対して殆ど用をなさない。

「悪いけど、浮世絵師をやめて貰うで」

手拭い覆面で少し曇った上方言葉をヌルリと吐いて、若侍の右手がゆっくりと刀の柄《つか》に触れ、とたんに二つの目が光った。言葉がヌルリなら、目もヌルリと光った。

こいつあ危ねえ、と宗次は素早く四、五歩を退がった。年の若さに似ず半端《はんぱ》でない剣の使い手、と読んだからだ。

刀の柄に伸びた若侍の右手の「かた」で、そうと読めた。目の光り様《よう》も異様だ。余りにも異様だ。やはり苛立《いらだ》っている。

宗次は相手を〝真《ま》っ当《とう》の侍じゃねえな〟と思った。確かに姿形《みなり》は悪くはなかったが、吐いた言葉とその響きに、侍らしさを微塵《みじん》も感じ取れないでいた。単に、粗野《そや》、という形容だけでは言い表わし難《にく》い、凄《すさ》まじい刺刺《とげとげ》しさが伝わってくる。なかでも目のヌルリとした光り様が凄過ぎた。

（こ奴も、二十三人を危《あや》めたと豪語した、あの拳業《こぶしわざ》の男の仲間か……）

そう想像した宗次であったが、なぜ自分が襲われるのか、もう一つよく判らなかった。自分が面倒を見る羽目に陥《おちい》った宮小路《みやのこうじ》高子《たかこ》は、なるほど上方の美しい娘である。京《みやこ》に宮小路という公家が存在するかしないかについては、これから調べなければならないにしても、今のところ高子を大切に面倒を見ようとしているのだ。何かあらば助けてやらなければ、とも考えている。したがって、（上方者《もん》らしい尋常でない野郎どもに次次と狙われる筋合なんぞねえ）と、ひと声怒鳴りたくもなる宗次であった。

それを抑《おさ》えて宗次は口を開いた。

「お前《めえ》さん、一体何処の誰なんでえ」

宗次は相手としっかり目を合わせ、穏やかに訊ねた。目を合わせてさえおけば、相手の「静」から「動」への激変を捉えやすい。宗次の右足はすでに次の展開に備えて軽く退がり、腰をやや下げている。

「俺か……俺は上方からやって来た福の神なんや」

と、口調はふざけ半分ではない。

「上方の福の神？」

「そうや、福の神や」

「その上方の福の神とやらが、江戸の浮世絵師に何の用でえ」

「邪魔《じやま》や」

と、ここで若侍の目は薄く笑った。

「あん？」

「お前が邪魔や言《ゆ》うてんねん」

「何処ぞの馬鹿な妬《ねた》み絵師にでも頼まれて、この宗次を消しに来たのけえ」

「はずれや」

「ん？」

「はずれや。何処ぞの馬鹿な妬み絵師なんて、この福の神は全然《ぜんぜん》関心ないわ。関心あんのは、お前が邪魔、という事だけや」

「なんだか、よく判らねえ。もっと、はっきり言いねえよ」

「はっきり？」

「そう、はっきり」

「命令や。命令を受けた」

「なんでえ、その命令ってのは。一体全体誰の命令でえ」

「誰の命令かを言うたら、この俺が消されてまうわ」

「なにいっ……」と、宗次はさすがに目を見開いた。思いがけない相手の言葉だった。

「俺が消される、言うてんねん。そやから俺は、お前を消す。お前は絶対に俺に勝《か》たれへん。お前は俺より弱い」

侍の品性全く窺《うかが》えない若侍が、スラリと抜刀した。綺麗な、実に見事という他ない綺麗な抜刀の仕方であり姿だった。

（こいつあ絵になる！）と思った宗次だったが、矢庭《やにわ》に身を翻《ひるがえ》して走り出した。

大刀を抜刀した状態では瞬時には追跡し難《にく》いと読み切った、心憎いばかりの韋駄天《いだてん》の如《ごと》き宗次の「敗走」だった。

若侍は追わなかった。呆気《あっけ》にとられたように宗次の背中を見送り、やがてその後ろ姿が消えさると静かに刀を鞘《さや》に納めた。

「ふうっ……速い奴《やつ》ちゃ」

若侍は声を出して大きく息を吐き出し、その薄気味悪かった面相に、まだ微かに幼さを残す若若しい表情を取り戻した。

「あいつ、本当《ほんま》に腹黒いんかなあ……なんか、憎《にく》めん感じやったけど」

妙な呟きを残して、若侍は歩き出した。どこかトボトボとした歩き様だった。先程までと違って元気がない。

その姿からは、宗次を圧倒し〝敗走〟させたあの訳の判らぬ薄気味悪い凄さは、完全に消えていた。まったく消えていた。

一方の宗次は、休むことなく走り続けた。素姓知れぬ〝拳業《こぶしわざ》の男〟との激闘で傷《いた》んだ体は、走ることで悲鳴をあげた。それ程の相手と対峙《たいじ》してまだ二、三日しか経《た》っておらず、体のふしぶしが元通りに回復している筈もなかった。

「い、痛え……糞《くそ》」

宗次は走る勢いを落とさず、みぞおちを手で押さえた。激しく上下に揺さぶられている五臓六腑が苦痛で唸《うな》りまくっている。

どれ程か走って宗次はようやく歩み足となり、辺りを見回した。九段坂《くだんざか》向こう、堀端御用地そばと直ぐに判った。相当な速さで走り続けたにもかかわらず、たいして息の乱れは見せていない。それに、「敗走」としか思えない様《ざま》であったのに、その表情に〝恐れ〟らしき硬さは窺えなかった。

「凄い奴がいるもんだぜい。あの若さで、ありゃあ間違いなく皆伝《かいでん》まで極《きわ》めとる」

呟いて舌打ちした宗次は、歩みを止めずに振り返った。追われている気配はどうやら伝わってこなかったし、たとえ追われていたとしても振り切ったという確信はあった。

宗次は腕組をして視線を足元に落とし、歩み足をようやく緩《ゆる》めた。

「おや、宗次先生ではありませんか」
十二、三歳の小僧を伴なった商人風が、すれ違いかけて宗次に腰をかがめ声をかけた。
「やあ、大伝馬町《おおでんまちよう》の佐島屋兼造《さしまやけんぞう》さん。こいつあ失礼……」

「何ぞ考え事のような御様子で」

「いやなに、絵仕事でちょいとね」

「お頼みしてありました佐島屋の先代《うち》の姿絵、ひとつなるべく早くに御願いします」

「すまねえ。忘れている訳ではねえんですが」

「判っておりますとも。とにかくお忙しい御体《おからだ》です。出来るだけ早くにという事で宜しく……なにしろ先代兼一《けんいち》は七十二歳。いつあの世からお呼びがあってもおかしくないもので」

「そうですねい。あ、いや、親爺《おやじ》殿の今の御元気なら、まだ十年や二十年大丈夫でござんすよ。ま、月の内には一度お訪ね致しやしょう」

「有り難や。それを聞けば先代も喜びましょう」

「今日はまた、御旗本の屋敷が多いこの界隈に何の御用で？」

「はい。その二町《ちょう》ばかり先を右へ折れた御旗本矢代《やしろ》様へ、頼まれておりました御息女の着物をお届けしたところでして」

「そうですかい。佐島屋さんは腕のいい縫《ぬ》い娘《こ》を大勢抱えていなさるんで、評判がいいやな。頑張って稼ぎなせえよ」

「はい、宗次先生も……」

「ところで佐島屋さんは今年で確か……」

「はい、三十三になってしまいました」

「大店の主人《あるじ》は余り仕事に夢中になり過ぎてもいけませんや。早く世帯を持って先代を安心させておやりなせえ」

「その言葉は、そっくりお返しさせて戴きますよ」

「ははは、これは参ったい。そいじゃあ、これで」

「ご免下さいまし」

宗次と佐島屋兼造は、堀端御用地そばで北と南に笑顔で別れた。

宗次は春日町の平造《へいぞう》親分の家から遠ざかるかたちで、南に向かって歩き続けた。平造親分に〝あの野郎〟が万が一にも近付くような事があってはならねえ、と考えた上での念のためだった。

平造親分には四十一歳になってようやく恵《めぐ》まれた赤子がいる。しかも、その赤子に母親が乳を与える姿を宗次は格調高く描いてやっている。針の先ほどの危険もその母子に近付ける訳にはいかねえ、という宗次の強い気持だった。姿絵を描いてやった赤子が「可愛くてならねえ」のだ。

振り返ると、佐島屋兼造と小僧の後ろ姿が、小さくなって武家屋敷の角を左へ折れるところだった。

縫製業の「佐島屋」が在《あ》る大伝馬町界隈には、このところ木綿や麻などのいわゆる太物《ふともの》を扱う店が増えつつある。

これまでの木綿売りは巻《ま》き木綿を背中にどっさりと背負って売り歩く「背負い売り」が当たり前だった。しかし太物は需要が多く、そのため小金を貯《た》めて「行商」から「店《たな》売り」へと〝出世〟する機会を得る者が少なからず現われ出した。

店持ち商人は、行商人の憧れである。

それにいち早く目をつけたのが「佐島屋」の先代兼一だった。

貧しい町家の女房や娘、あるいは浪人の妻などが手内職としてきた縫い仕事を一堂《いちどう》に集めて「佐島屋」という縫製組織を創設し、これが爆発的と言っていい程に当たったのだ。

ひと言で縫い仕事とは言っても、町家の女房や娘、あるいは浪人の妻などそれぞれが伎倆《ぎりよう》の点で得手《えて》・不得手《ふえて》を有している。

「佐島屋」という縫製組織の中で働くことになった縫《ぬ》い娘《こ》たちは、積極的に伎倆の交流をはかって不得手を克服し、それが「佐島屋」の飛躍を強力に支えていた。

それを真似《まね》して二番手、三番手も現われはしたが、佐島屋兼一が強い信念と独創力で作り上げた組織はさすがに強く、二番手、三番手ともに早早と駆逐《くちく》されて、今や独走状態の「佐島屋」であった。

やはり「一番」乗りは強く、「二番」では駄目ということをありありと見せつけた佐島屋の圧倒的強さである。これが競争というものの怖さなのであろう。

これでもう大丈夫、と読んだ兼一が、共に苦労してきた一人息子の兼造に「佐島屋」を継がせたのは昨年の春のことだった。

父親兼一を助けて仕事仕事また仕事と打ち込んできた兼造は、三十三にしてまだ独り身。

宗次は白塗り塀の角を右に折れた所で、「おっと……」と足を止めた。

危うくぶつかりそうな近くに、ひと目で武家の妻女かと判る女性《ひと》が、これも「あっ」と小さな声を出してよろめいた。

「これは失礼致しやした。大丈夫でござんすか」

「はい」

頷いた三十近くに見える武家の妻女らしいその女性《ひと》は何を慌てているのか宗

次の脇を擂《す》り抜けるようにして、白塗り塀の角から向こうへ出たが、そこで動きは止まって、ただ黙って彼方を見守る態《てい》であった。

宗次は、遠慮がちにそっと声をかけた。

「あのう、もし……」

「え？」と、三十近くに見えるその女性《ひと》はハッとしたように振り返った。

「どうか致しやしたかい」

「あ、いいえ。なにも……」と、その女性《ひと》は少し慌てた。身形《みなり》からして上級武家の妻女かと、宗次には見えた。美しい、という言葉よりも、清楚《せいそ》という形容が似合いそうな女性《ひと》、と宗次は思った。

絵師としての瞬間的な捉え方だった。

「間違えたらご免なさいやし。もしや、佐島屋の旦那を追ってこられやしたのでは？」

「は、はい」

「佐島屋兼造さんなら、つい今し方すれ違いやしたよ。知らねえ仲じゃあねえんで、ふた言《こと》み言話《こと》を交わしやしたが、もう行ってしまわれやした。余程にお急ぎなら、私《あっし》がひとっ走りしてお戻りして戴きやすが」

「いいえ、急ぎという訳では……」

「ぶしつけな事をお訊ね致しやすが、御旗本矢代様の奥方様では？」

問うた宗次に答えはなかった。

清楚な印象のその女性《ひと》は、軽く腰を折ると宗次から足早に屋敷に向けて離れていった。

「私《あっし》は浮世絵師の宗次と申しやして、怪しい者《もん》ではございません。佐島屋さん絡みで何か困り事がありやしたら遠慮のう声を掛けて任せておくんなさいやし。鎌倉河岸の八軒長屋に住んでおりやす」

その先の武家屋敷へ入りかけた女性《ひと》の後ろ姿が、宗次の言葉で歩みを止めた。

「宗次殿……あの江戸一とか言われている人気浮世絵師の宗次殿ですか」

「江戸一かどうか知りやせんが、へい、その宗次でござんす」

「そうでありましたか」

と、少し口元に笑みを見せかけたその女性《ひと》であったが、すぐ思い直したように、武家屋敷の潜り門を入って姿を消してしまった。

宗次は、表御門の前まで行った。

長屋式御門の規模や敷地の広さから、四〇〇石前後の旗本かと宗次には見当がついた。御門柱に表札は掛かっていなかったが、「矢代」は宗次の知らぬ名だ。

(御旗本矢代様の奥方様では、と訊いたのは、まずかったかも知れねえなあ)

そう思って宗次は、ちょっと首をひねって見せた。事情があって嫁ぐ機会を失したか、あるいは出戻りならば、先程の女性《ひと》が矢代家の御息女ということもあり得る。

「ま、そのうち判ろうぜ」

呟いた宗次は、屋敷に挟まれた路地に入って鎌倉河岸の方角へ戻り出した。

〝あの野郎〟に再び出会うかも知れないことを考えて、人目を避け、勝手知ったる屋敷路地から屋敷路地へと伝って八軒長屋そばまで引き返す積もりだった。

十二

八軒長屋へ戻った宗次は、猫の額《ひたい》ほどの庭に面した縁側に座り込んで、〝あの野郎〟のことを考え続けた。

「右手をこう、刀の柄へ持っていきやがったな」

呟いた宗次は脳裏に甦《よみがえ》らせたそいつの、刀の柄へゆっくりと運んだ右手の具合を、胡座《あぐら》を組んだままの姿勢で演じて見せた。

右手の甲を下にしてまるで清水を掬《すく》うかのような様《さま》で刀の柄に近付け、中指の先が柄の先端に触れそうになると手の甲が上向きに返り、掌《てのひら》が柄の上に乗る——そういう右手の運び具合だった。

「あの綺麗な右手の運びはまぎれもなく、無玄流抜刀術。それも生半《なまなか》でない凄腕……」

誰の秘命を受け何のためにこの俺を狙うのか、と考えてみる宗次であったが、判る筈もなかった。

（……しかし、火除け地でこの宗次を待ち構えていたという事は、こちらの動きを摑み切っているという事になる。ま、目の前に現われてくれた方が、そいつの素姓は摑《つか》み易《やす》いが……）

宗次はごろりと仰向けに、縁側に寝転んだ。

「顔半分を手拭いで隠しやがったのは、俺を斬った時の返り血を顔に浴びないためかえ。おい、お前《めえ》さんよ」

そいつが直ぐそばに居るかのように、ひとり喋《しゃべ》った。

賢そうな振りさらしやがって、という粗い言葉も耳の奥にはっきりと残っている。

「さほど悪い奴じゃないかも知れねえな」とポツリ呟いたとき、足音もなく忍び寄ってきた一匹の猫が、宗次の頰にグリグリと尻《しり》をこすり付け長長と横になった。そして大あくびを一つ。

長屋の納豆売りの女房ヨシが飼っている名の無い猫だった。月の内の三分の一くらいは、宗次の部屋に無断で寝泊まりしていく。

宗次は猫を首筋に抱き寄せると、体をひねって縁側から部屋へ転がり込み、

「ひと眠りするか」と足先で障子を軽く蹴り閉じて目をつむった。徹夜仕事が続いた上に尾野倉才蔵《おのくらさいぞう》事件が加わって、さすがの宗次もいささか寝不足だった。

少し埃《ほこり》臭いやわらかな猫毛が首をなでる心地良さで、宗次は睡魔に引っ張られていった。

どれほど眠ったであろうか。

宗次が目を覚ますと、部屋の中は真っ暗になっていた。猫はまだ首筋にあって人様のような寝息を立てている。誰に飼われているのか、もはや判っていないようなところがある猫だ。

宗次が暗闇の中、猫を向こうへ押しやって上体を起こしても、まだ厚かましく寝息を立てている。

左手を泳がせ気味に伸ばした辺りに行灯《あんどん》があると判っている宗次は、その行灯を引き寄せて明りを点した。

かなり眠ったな、という感じがあって頭も体もさっぱりしていた。猫は行灯の明りの中でまだ眠っている。

この時だった。部屋に明りが点るのを待っていたかのように、誰かが表戸を叩いた。辺りを憚《はばか》る叩き方だった。

続いて「宗次殿……おられるか宗次殿」の小声。

宗次はその声に覚えがあったから、「どうぞ……」と立ち上がって土間へ下りた。

表戸――腰高障子――を開けると、飛州藩十三万石松平家の家臣古坂重三郎《ふるさかじゆうざぶろう》が立っていた。猫そばの行灯の薄明りを受けた古坂の表情はやや赤みを見せて硬く、急ぎ駈けつけたのであろう、呼吸《いき》が荒い。

「尾野倉才蔵殿が亡くなり申した」

そう小声で告げるのと、自分から土間に入って表戸を閉《し》めるのとが同時の古坂であった。

「そうですかい。やはり駄目でござんしたか」

「容態が急変したら知らせてほしい、と宗次殿が申されておられたのでな……申し訳ないが水を一杯恵んで下さらぬか」

「へい」

宗次は台所の水瓶《みずがめ》に柄杓《ひしゃく》を入れ、古坂に手渡した。

古坂はそれを一息に飲み干すと、宗次に柄杓を返した。

「最後に尾野倉が言い遺《のこ》した言葉がござった。それを飛州藩の秘としておくべきか、宗次殿に告げるべきか、と随分迷ったのだが……」

「その言い遺した言葉とやらを知っている者《の》は？」

「臨終の間際に尾野倉殿のそばにいたのは、私と盛塚《もりづか》小平《こへい》の二人だけじゃった」

「ああ、あの書道をよくするとかいう……」

「左様……ま、盛塚は剣も相当やるが」

「で、尾野倉殿が最後に言い遺した言葉というのは？……是非にも聞かせて下され古坂殿」

「無論その積もりで参った。尾野倉殿が言い遺した言葉は、恐ろしい恐ろしい戻りたくない絶対に戻らんぞ……それだけでな」

「恐ろしい恐ろしい戻りたくない絶対に戻らんぞ……ですかい」

「うん」

「はて、柳生新陰流皆伝の尾野倉殿には不似合いともとれる言葉ですねい」

「宗次殿もそう感じ取られるか」

「藩で一、二の剣客と言われた尾野倉殿も、六十六歳の手練《てだれ》山井与衛門《やまいよえもん》に肘を割られたことが相当にこたえたのでしょうかねえ」

「にしても、戻りたくない絶対に戻らんぞ、はいささか理解し難い言葉に思われるが」

「確かに……」

「尾野倉殿の弔いもあるので、私はこれで失礼致すが、京の宮小路《みやのこうじ》家に関して何か判明したことあらば、この古坂重三郎の耳にも届けて下され」

「お約束致しやす」

「京に居残っておる尾野倉殿の家族にも、亡くなったことを知らせねばならぬ。辛い役目じゃ」

「そうですねい」

「では今宵《こよい》のところはこれで」

「あ、足元提灯《ちょうちん》を持っておいでじゃござんせんね。破れ提灯ですが、お貸し致しやしょう」

「いや、いらぬよ。いい月が出ておる」

古坂重三郎は小さく首を横に振りながら言うと、外へ出て行った。

宗次は見送らずに、静かに表戸を閉じた。

「恐ろしい恐ろしい戻りたくない絶対に戻らんぞ……か」

宗次は呟きを二度繰り返し、土間から畳敷きの部屋へ上がった。

猫は仰向《あおむ》けにひっくり返り口をあけて、まだ寝ている。余程のこと宗次を信頼しているのであろうか。

「柳生新陰流皆伝といやあ剣の業《わざ》のみならず、心胆《しんたん》も相当以上に鍛え抜かれている筈。その剣客が死ぬ間際に〝恐ろしい恐ろしい戻りたくない……〟などと言い遺すとは」

宗次は行灯のそばに突っ立った状態で暫く考え込んだ。

(こいつあ矢張り京の宮小路家について、調べるしかねえな。腹を満たしてから、ひとつ動いてみるか)

と思いはしたが、まだ迷いがあった。どうにも嫌な予感がするのであった。

宮小路家なるものが存在するのかしないのか調べ出したとたん、驚天動地の大事件が江戸市中で突発するような気がするのだ。

そうなると宮小路高子を預けてある高級料理茶屋「夢座敷」までが、騒ぎに巻き込まれる危険がある。

それだけはあっちゃあならねえ、と思う宗次だった。

腕組をして考え考え外に出た宗次は、古坂重三郎が言ったようになるほど良い月明りの中を、居酒屋「しのぶ」へ足を向けた。

表通りに出ると、直ぐ先に「しのぶ」の赤提灯がぶら下がっている。

「ん？　あれは……」

「しのぶ」のその先を見透かすような目つきとなって、宗次の歩みが止まった。

月明りの向こうから「しのぶ」へと足早に近付いてくるのは、宗次が見紛《みまご》う筈もない春日町の親分平造とその下っ引きの五平《ごへい》だった。

向こう二人も宗次に気付いて平造が「おっ」と軽く手を上げたが、二人の足は小駈けとなってたちまち「しのぶ」の前を通り過ぎた。

近付いてくる平造親分と五平の表情から「何かあったな」と思う宗次だった。

二人は宗次の前で足を止めたが、「おい、その辺り見回ってきねえ」と平造に命じられた五平が「へい」と、足早に離れていった。

「また辻斬りですかい親分」

「そうなんだ。今度は明るい内に、縫製業佐島屋の二代目旦那兼造さんと小僧が斬られちまったい」

「な、なんですってい」

「先生のその驚きようは……どしたい」

「佐島屋の兼造旦那と小僧には今日、出会っていますんでい」

「えっ、何処で？」

宗次は九段坂向こう堀端御用地そばで出会って短い雑談を交わした事を打ち明けたが、旗本矢代家の名は出さなかった。

「そうだったのかい。じゃあ、二人はそれから間もない内に境内《けいだい》で斬られたということになる」

「境内……」

「佐島屋の菩提寺《ぼだいじ》というから、帰り道に参拝するつもりで立ち寄ったんじゃねえのかな」

「で、二人とも駄目だったんですかい」

「小僧の方は胸をザックリ割られて即死状態だ。あの斬り口は居合じゃねえかと筆頭同心の旦那（飯田次五郎《いいだじごろう》）も仰ってるんだ。佐島屋二代目の方は微かに息があったんで寺の僧侶たちによって柴野《しばの》診療所へ運び込まれたんだがなあ」

「むつかしそうですかい、兼造の旦那は」

「亡くなったい。儂《わし》は二度診療所へ立ち寄ったが、柴野南州《なんしゅう》先生や二人の助手が必死で治療して下さっとる中で息を引き取ったよ。おんのれ、下手人は必ず捕えてやるぜい」

「そうでしたかい。気を付けて下せえよ。親分にゃあ可愛い赤子がいるんだ」

「そんな事あ言っちゃあおれねえ。北町の同心旦那たちも血眼《ちまなこ》となって走り回っているんでい。じゃあ行くぜ先生」

「決して無理しないでおくんない」

「今度ばかりは無理すらあな」

平造親分は宗次の肩をポンと叩くと、ぐいっと口元を引き締め五平が消えていった方角へ駈け出した。

宗次は夜空を仰いで小さな息を一つ吐いた。厳しい顔つきになっていた。

「居合じゃねえか……」と言った平造親分の言葉が耳の奥からはなれない。

「将来ある年端も行かねえ小僧まで手にかけやがるとは……」

居酒屋「しのぶ」の手前で宗次は踵《きびす》を返すと、「居合か……」と呟きながら、八軒長屋へ戻っていった。

十三

ボロ家に戻った宗次は暫くの間、行灯の薄明りの中、思案顔で箪笥《たんす》の前に立っていたが、やがて静かに二段目の引き出しを開け着替え始めた。

ときおりその手が休んで、表情が迷いを見せている。着替えるべきか止《よ》すべきかを決めかねているのであろうか。

が、薄手の長襦袢《ながじゆばん》の上に紺の長着《ながぎ》、そしてやや幅広の白い腰帯を締め終え、二段目の引き出しを矢張り静かにゆっくり閉じた。まだ表情に迷いのような感じを漂わせている。

それでも、ついに一段目の引き出しに手を掛け、大小刀を取り出した。

鎌倉期に画期的な鍛刀《たんとう》工法「相州伝《そうしゆうでん》」を編み出した天下の名匠五郎入道正宗《ごろうにゆうどうまさむね》（弘長《こうちよう》三年、一二六三年鎌倉今小路《いまこうじ》生まれ）。

その直系として刀剣彫刻の名手としても知られる名人、左兵衛尉《さひようえのじよう》彦四郎貞宗《ひこしろうさだむね》の名刀が、ヒョッと小さな音を摺《す》り鳴《な》らして、腰帯の内側に収まった。

何という事であろうか。そこにはもうそれ迄の浮世絵師宗次の姿はなかった。いや、敢《あ》えて申さば野郎髪《やろうがみ》は町人絵師のままであるというのに、まったく不自然さがない。むしろ粋《いき》なほど二本差しに似合っている。

宗次は大身旗本で大番頭の津木谷能登守定行《つきやのとのかみさだゆき》から伝奏屋敷取締役安村雄之進《やすむらゆうのしん》に宛てた書状を懐へ入れるのを忘れず、庭先から裏路地へと足元提灯なしで出た。二本差しの姿を、長屋の者たちにだけは見られたくない、という気持が強かった。

この刻限、安村雄之進は伝奏屋敷に詰めていない。

しかし、安村家が何処に在るかは、能登守から確《しっか》りと聞き取ってある宗次であった。

宗次の足は月明りの下、外濠を背にするかたちで北へ向かった。

佐島屋兼造を直ぐにでも見舞いたかったが、平造親分の「あの斬り口は居合じゃねえか……」という言葉が、宗次に伝奏屋敷へ先に行かせようとしていた。無玄流抜刀術と思える右手の動きを見せた上方言葉の〝あの野郎〟の存在が、どうしても気になるのだった。もしや、京の宮小路と何らかの関わりがあるのではないかと。

〝あの野郎〟の出現は、宮小路高子《たかこ》が江戸に現われてから、つまり居酒屋「しのぶ」前騒動と前後している。

と、遠くで呼び笛《こ》が鳴った。一つ鳴りではなかった。三、四人が同時に鳴らしている緊迫感が伝わってきた。

どうやら西の方角、忍び御門あるいは九段坂の方角から聞こえてくる。

「出やがったかな……」

血まみれとなって十手を身構えている春日町の平造親分の姿が宗次の脳裏に浮かんで消えた。

宗次は足を緩めず安村邸に向かった。

呼び笛は、すぐに聞こえてこなくなった。

「逃がしたか……」

それとも幾人もの同心、目明しが撫で斬りにされたか、と宗次は心を曇らせた。

次第に中小旗本屋敷が目立ち始め、月明りがどことのう薄気味悪い幽霊坂《ゆうれいざか》（神田淡路町《あわじちょう》）に入って宗次は立ち止まった。右手は大名家上屋敷の長い白塗り塀。

その白塗り塀と向き合うかたちで、中小の旗本屋敷が並んでいた。

武家屋敷は必ずしも表札を掲げてはいない。表札という概念自体が、まだ充分に育《はぐく》まれてはいなかった。

だが宗次は、安村雄之進の屋敷には御公儀の指示により表札が下がっている、と津木谷能登守から聞かされている。

宗次は月明りを頼りに、静まり返った屋敷を見ていった。

女一人ではとうてい歩けそうにない、深く濃い静寂だった。

「ここか……」

何軒目かで、目的の屋敷は見つかった。なるほど御門柱に「伝奏屋敷取締役安村雄之進」の表札が下がっている。いや、表札というよりは、おそらく役職表札と称すべきものなのだろう。なにしろ京《みやこ》の朝廷とは関わりの深い伝奏屋敷の取締役邸なのだ。

宗次が御門前に立ってみると、潜り門の上の方から一本の綱が下がっていた。

「なるほど」と、宗次は頷いた。朝廷に関わる役職だけに、いつ何時《なんどき》緊急な用が生じるか判らない。

厚い御門扉を拳で叩くだけでは、とくに深夜、主人《あるじ》に直ちに通じるかどうか。

宗次は耳を澄まして綱を引いてみた。

聞こえた。奥の方で小鐘らしい何かが鳴って、なるほど反応早く御門に向かって駈けてくる足音がある。

それだけで伝奏屋敷取締役という役目の重要さが伝わってきた。

「どちら様でございましょうか」

「夜分に申し訳ありませぬ。大番頭津木谷能登守定行様の書状を持参せし者でございまする」

「恐れながら、お名前をお聞かせ下さいまして」

「浮世絵を描く宗次と申しまする」

いつものべらんめえ調を抑えた宗次であった。侍口調になっている。

「あ……」と門扉の向こうで納得したような小声があって、潜り門が開いた。

現われたのは六十過ぎかと思える老爺《ろうや》だった。安村家の下働きなのであろうか。二本差しが不自然でない浮世絵師宗次の姿に、べつだん驚く様子もない。

「津木谷様から使いがございまして、宗次先生のこと承知いたしております。さ、お入りになって下さいませ」

老爺の言葉で、（さすが津木谷能登守様。できた御人だ……）と改めて感心する宗次だった。

「かような夜分でも、差し支えございませぬか。安村様に御都合をお訊ね下され」

「いつお見えになられても御書院へお通しするように、と命じられております。さ、どうぞ」

「左様ですか。それでは」と、宗次は潜り門を入った。

正面に式台付玄関があったが、老爺はその玄関を右に見て通り過ぎ宗次を庭の奥に向かって案内した。

風情《ふぜい》ある小さな足元灯籠《どうろう》が等間隔に点っている石畳を進むと、行き着いたのは小玄関で、三十前後かと判る御女中らしいのが一人、正座して待っていた。

「宗次先生をお願い致しましたよ」と、老爺は御女中らしいのに小声で告げると、「御女中が御供《おとも》いたします」と宗次に囁《ささや》き頭を下げて石畳を戻っていった。

「御殿様の御書院まで御供申し上げまする」

浮世絵師の二本差し姿に、この御女中も全く驚きを見せず、しかも「ご案内申し上げます」とは言わず、老爺と同じように「御供申し上げます」と言って三つ指をついた。これが伝奏屋敷取締役という重要な役職に就いた武家の家《か》中作法《ちゆうさほう》かと宗次はこのとき学び知ったのだった。

「御手数かけ申す」

「どうぞ……」

御供申し上げます、と言った御女中であったが、さすがに宗次の後に従う訳ではなく先に立って静静と歩き出した。

宗次は大刀彦四郎貞宗を腰帯から抜き、それを右手に持って御女中に従った。

御書院は思いのほか、小玄関から近い位置にあった。

「御殿様。浮世絵師宗次様の御供をして参りました」

御女中が閉じられた障子を前にして正座し奥に告げると、「お、そうか……」と直ぐに応答があった。

落ち着いた、野太いがやわらかな声だった。宗次は立ったままである。

御女中が障子を開け、宗次が御書院に入って彦四郎貞宗を右に置き正座をすると、後ろでほとんど音もなく障子が閉まった。

「さ、もそっと近くへ参られよ宗次殿。遠慮は無用ぞ。初対面の挨拶も抜きでよろしい」

座敷の中央に置かれた大きな文机《ふづくえ》の前に座っている、当然安村雄之進であろう人物が、宗次を手招いた。親しみを込めたかのような口調と身振りであったが、真顔である。そして、この人も浮世絵師の大小刀に驚く様子を微塵も見せなかった。

宗次は文机を挟み安村雄之進と向き合って大刀を右に置き、きちんと自分の職業と名を相手に告げた。そして懐から津木谷能登守の書状を取り出すと、それを相手に向け文机の上を静かに滑らせた。

「津木谷能登守様の御書状じゃな」

「はい」

「拝見しよう。用向きはおおよそ、津木谷様から遣《つか》わされた使番士《つかいばんし》から聞いてはおるが」

そう言う安村雄之進の顔を、宗次は見守った。

知的な風貌《ふうぼう》である、と宗次は思った。目つきは鋭いが険は無い。

書状を読み終えて頷いた安村雄之進は、それを折り畳んで宗次と目を見合わせた。

「うん」

「この安村雄之進が責任あるお答えをしよう、宗次殿」

「恐れいりまする」

「京《みやこ》に宮小路家という公家は存在する。いや、正確に申さば、存在したということかな」

「過去に？」

「左様、あ、いや。やはり今も存在すると言うべきであろうか」

「えっ、どういう意味でございまするか」

「公家である宮小路家は過去に存在したが今はなく、問題集団としての宮小路家は今も京及び大坂を根城として存在するということじゃ」

「問題集団？」

「言葉を飾らずに申さば、殺しの集団じゃ」

「な、なんと……」

　宗次はさすがに仰天《ぎょうてん》した。殺しの集団、それは宗次が予想もしていなかった安村雄之進の言葉だった。八〇〇石の公家宮小路家、という眩しい言葉とは余りにも乖離《かいり》し過ぎていると思った。いや、あの可憐《かれん》な美しい宮小路高子からは、想像も出来ない似ても似つかぬ言葉であると思った。

「その殺しの集団宮小路家は、どのような人物で構成されているのですか」

「はっきりとは判り申さぬ。浪人、博徒、商人、武士、女……複雑に構成されておるようで、京、大坂の司法たちも実体を全くと言っていいほど摑み切れておらぬとか」

「幾ら何でも、京、大坂の司法の力で摑み切れぬというのは、少しおかしくはありませぬか」

「確かにおかしいには、おかしい。じゃが、それが現実らしいのだ。なぜなら、その問題集団を構成する者が、何処に入り込んでいるのか判らぬのでのう」

「という事は、京都所司代や京、大坂町奉行所に詰める者、あるいは何処その大藩の藩士かも知れぬと?」

「あり得るらしい。極端を申せば、京都所司代や二条城《にじょうじょう》で机を並べ仕事をしている直ぐ隣の同僚がそうかも知れない、ということで捜査する側もおののいているとか」

「何という……」

宗次は茫然となった。まだ信じられぬ安村雄之進の言葉であった。

「で、その暗殺集団宮小路家とやらは、公家宮小路の変わり果てた姿でありまするのか。つまり、公家宮小路家を土台として暗殺集団が生まれたのでありまするのか」

「左様……いや、そうらしい、と言いかえるべきか。正直、私にもよく判り申さぬ」

「原因は……上流公家が恐ろしい暗殺集団に変わった原因は一体何でありまするか」

「であるから今のところ、よく判っておらぬのじゃ。全くと言っていい程にな……」

「それにしても、それほど恐ろしい問題集団が上方に存在することを、この江戸の庶民たちは知りませぬぞ。もしや幕府は、その集団についての情報が上方から東へ広がることを抑え続けていたのではありませぬか」

「……………」

「お答え下さい安村様。絶対に口外せぬと固くお約束いたします」

「……………」

「安村様」

「宜しい、言おう宗次殿。幕府は確かに恐れておる。それも無理からぬ事だと私は思うている。なにしろその集団を構成する者共が、何処のどの組織に食い込んでいるのか皆目《かいもく》判らぬのじゃから。ひょっとすると上級幕臣の中にも多数いるのではないかと疑心暗鬼では……たとえば私かも知れぬし、絵師の其方《そなた》かも知れぬ、ということじゃから」

「もしや幕閣は、慶安《けいあん》四年に生じましたる反幕事件の再来を恐れているのでは？」

「否定は出来ぬよ宗次殿」

答えた安村雄之進の顔が苦しそうに歪んだ。

慶安事件。

それは駿府《すんぷ》宮《みや》ヶ崎《さき》（現・静岡市宮ヶ崎町）で生まれた牢人《ろうにん》軍学者岡村正雪《おかむらしようせつ》（由比正《ゆいしよう》雪《せつ》）を首謀者とした政治権力への過激不満分子による幕府転覆《てんぷく》計画を指していた。

この転覆計画が発覚して首謀者らが司直の手によって捕縛されたのが慶安四年（一六五一年）七月二十三日から二十六日にかけて。

二十三日には正雪の右腕丸橋忠弥《まるばしちゆうや》を指揮者とする一団が町奉行所（江戸）に逮捕され、二十六日には駿府城を奇襲すべく向かっていた首謀者正雪と武闘派の一団が、投宿先である駿府茶町の梅屋太郎左衛門《うめやたろうざえもん》方で幕府から急を知らされた駿府城代大久保玄蕃頭忠成《おおくぼげんばのかみただなり》以下駿府駐在役人たちに取り囲まれた。

結果、二名が生捕り、正雪以下その他は自害した。

幕府の調べが進むにしたがって、次第に驚くべき事が判明し出した。

駿府城奇襲が成功していたなら、京・大坂に潜伏する正雪の多数同志が一斉に武装蜂起《ほうき》していたらしいこと。

さらには、現将軍徳川家綱《とくがわいえつな》三十八歳の大叔父に当たる徳川御三家の一《ひとつ》、紀《き》伊家五五万五〇〇〇石・従二位大納言《じゅにいだいなごん》徳川頼宣《よりのぶ》（徳川家康《いえやす》十男）が、正雪を密《ひそ》かに且《か》つ強力に支援していた疑いがあるらしいこと。

安村雄之進がポツリとした調子で言った。

「確かに慶安事件は幕閣にとって恐ろし過ぎる程の悪夢であったはず」

「当時の私《わたくし》はまだ小さな手を握りしめて泣くだけの赤子でありました。したがってあの事件につきましては、長《ちょう》じてから学び知ったというだけに過ぎませぬが」

「私にしても、三、四歳の幼子であった。事件については、宗次殿と同じように学習によって学び知ったに過ぎぬ……が、身の毛が弥立《よだ》つ事件であったことは容易に理解でき申す」

「はい」

「あれから既に二十数年が過ぎておるが、事件に御三家の紀伊家が絡んでいるらしいと判明しただけで、その後の調べはうやむやになったと聞いておるし、また上司から囁《ささや》き教えられもした」

「紀州公頼宣様が本気で将軍の座を狙い正雪たち集団を動かしていたのであれ

ば、世は再び合戦の世に戻り多くの民《たみ》が犠牲《ぎせい》になっていたやも知れませぬ」

「うむ……そうよな。紀州公頼宣様を幕府権力で追い詰めず調べをうやむやとしたのは、あるいは正しかったのやも知れぬよ宗次殿」

「ええ……合戦とならず、誠にようございました」

「その紀州公頼宣様も寛文《かんぶん》十一年（一六七一年）に亡くなられ、現在《いま》はない」

「反幕騒動ありし慶安四年と申せば将軍家光《いえみつ》様が四月に亡くなられ、八月には現在《いま》の家綱様が十歳で将軍の座に就かれました。幕府転覆計画が勃発《ぼっぱつ》した七月というのは……」

「まさに幕政空白《ばくせいくうはく》といってよい間の出来事じゃった」

「はい、左様でございます。まさしく幕政空白に於《お》ける悪夢……」

「それにしても宗次殿は……いや、止《よ》しにしましょう。津木谷能登守様から念を押されており申すのでな」

「はて？……何でございましょう。どうぞ仰って下され安村様」

「申して宜しいのか」

「どうぞ」

「町絵師宗次殿は、話の内容にしても姿形《みなり》や言葉遣いにしても、とても町人の絵師とは思えない、ということじゃ。だいいち伝奏屋敷取締役の居宅へ訪ねて来る勇気など、町人ならばとてもありませぬよ。よしんば私とこうして対面できたとしても、恐らく難《むつか》しい対話は成立しますまい。余程の知識と心胆の備えがないことには」

「……」

「あ、いや、気にすることはない。今の言葉は取り消そう。で、話が後先《あとさき》になってしもうたが、宗次殿は如何《いか》なる理由で宮小路家のことを知ろうとしているのじゃ。能登守様の書状は、それについては全く触れておられぬが」

「いずれ、その詳細については、御報告に参ります。暫くこの宗次に自由な刻《とき》を下さりませぬか」

「自由な刻をのう……承知した。宗次殿を信頼して報告を待とう。但《ただ》し充分に気を付けられよ。宮小路集団は何故《なぜ》か大変な手練揃《てだれぞろ》いという噂《うわさ》じゃ。所轄である京・大坂の司直や京都所司代が迂闊《うかつ》に動けぬ理由が実はそこにあると幕臣上層部より伝え聞かされておる」

「という事は……」

「つまり震えあがるほど怖いのじゃ。京・大坂の司直も京都所司代も……その集団の凄さがな……これは他言なさるなよ宗次殿」

「はい、決して致しませぬ」

「もし一言でも漏らさば、私は宗次殿を斬らねばならぬ。そう心得ておかれよ。宜しいな」

「確かに承《うけたまわ》りました」

頷いて宗次は天井を仰ぎ、小さな溜息を吐いた。「悪」「汚《けが》れ」に対処できぬ政治ならばもう終りが近いな、と思わざるを得ない宗次だった。

「さてと、まだ夕餉《ゆうげ》を済ませておらぬので一杯付き合《お》うてくれぬか宗次殿。能登守様の御書状の末尾に其方《そなた》について、殊《こと》の外《ほか》酒強し、とありまするぞ」

「これはまた、能登守様はそのようなことを御書状に……」

「はははっ、いいではないか。私は真《まこと》の宗次殿が何者であろうと気に入った。はじめ、どのような奴が訪れるのかと少し身構えておったのじゃが」

「安村様に、胡乱《うろん》な奴、と見られないでようございました」

「今宵はいい魚が入っておるのでな、酒が旨《うま》いぞ」

安村雄之進が目を細め、部屋の外に向けて手を叩こうとした。

とたん、宗次の右手が反射的と見える程に素早く前に出て、それを制した。

安村雄之進の表情が「えっ？」となる。

「申し訳ありませぬ安村様。どうやら私は面倒な連中をこの御屋敷へ案内した模様」

「なにっ……胡乱《うろん》な奴に後をつけられていたと？」

「不覚でありました。お許し下され」

「宮小路集団であろうか」

「それは……間《ま》もなく判りましょう」

「ならば……」と立ち上がった安村雄之進は床《とこ》の間《ま》に近付き、刀掛けの刀を、わし摑みにした。

宗次も右にあった彦四郎貞宗を手にして静かに腰を上げると、それを腰帯に通して物静かな口調で言った。

「安村様は刀を抜いてはなりませぬ。伝奏屋敷取締役はみだりに刀を血で染めてはなりませぬ。お宜しいですな」

「なれど宗次殿……」

「生じたる不穏《ふおん》な気配は、さきほど私が表御門から小玄関まで歩いて来た庭先の向こう」

「さては塀を乗り越えて……」

「御家中の者にも決して刀を抜かせてはなりませぬ」

「しかし……」

「奥方様ほか御家族の御部屋は？」

「庭とは逆……この書院のずっと奥。主だった家臣の詰所や長屋も、それに近い」

「ならば安村様は、そちらへ移って下され。移って家臣の動揺を強く抑えて戴かねばなりませぬ」

「宗次殿を此処《ここ》へ一人残してか」

「伝奏屋敷取締役邸で、乱《らん》があってはなりませぬ。見ざる、聞かざる、言わざる……でいて下され」

「早く……急ぎなされ。廊下に出ず、部屋伝いに行けるならばその様《よう》に」と、

「う、うむ……」

宗次の口調が厳しくなった。

「宗次殿、そなた一体……何者じゃ」

「急ぎなされ、と申しておる」

と、ここで宗次の眦《まなじり》が、ぐいと吊り上がった。

「わ、判った。すまぬ」

安村雄之進は、御書院と接する隣の座敷へ慌て気味に姿を消した。

宗次は行灯の位置を少し変えると、庭に面した丸窓障子へと近付き、自分の
人影をわざと障子に映した。

そして彦四郎貞宗をゆっくりと鞘《さや》から抜いてゆく。

鞘がサリサリサリとごく微かに鳴った。

宗次の想像を遥かに超えた、それが悪夢の幕開《まくあ》けだった。

気配が次第に近付いてくる。丸窓に向かって。

(二人……三人……五人……か)

宗次は、そう読み切ると丸窓のそばから離れ、庭に面した広縁へと出る障子を静かに開けた。

幸というべきか不幸というべきか、まるで真昼の如き──大袈裟《おおげさ》ではなく──誠に真昼の如《ごと》き皓皓《こうこう》たる月明りが、宗次を待ち構えていた。

その月明り降り注ぐ広縁に彦四郎貞宗を優しく右手に下げた浮世絵師宗次が立ち、身丈《みたけ》五尺七寸の人影が縁床にふわりと流れた。

広縁下の、間近にいた五名の黒装束が申し合わせたように摺り足で数歩を退がって、うち四人の鞘が鋭く鳴り、一斉に抜刀して正眼に構えた。同時に宗次の下げ構えの刃《やいば》が前方へ向く。

宗次の直ぐ足元には、広縁から庭先へ下りるための幅広い三段の階段が造作されていた。その階段を宗次は、そろりと用心深く下り始めた。

月明りの中、どっしりと頑丈に見えるその階段が、はじめの三段目でなんと鋭い軋《きし》み音を立てた。

宗次にはそれが、侵入者を家人に知らせるための工夫であると判ったが。

伝奏屋敷取締役とは、重要な役職ではあるが、反面それほど侵入者に備えなければならぬという事なのであろうか。

宗次の足が二段目にかかり、これは軋まなかった。

が、最下段に宗次の爪先が乗ったとき、それはさながら太い枝をへし折ったときのような大きな音を発し、五人の黒装束は揃って大きく飛び退がった。突発的な「異常」に対し実に鍛え抜かれている。

しかも、綺麗な半円の陣を敷いて、階段と向き合っているではないか。半円にいささかの乱れもない。絵に描いたかの如く。

(こ奴ら……あなどれねえ)と、宗次は読んだ。

庭先へ下りた宗次は、まだ刀を抜いていない一人を見た。

半円の左端にいるそいつが、「賢《かしこ》そうな振りして天才人気絵師を気取りやがって……阿呆《あほ》が」と吐いた〝あの野郎〟であることは、月明りをまともに浴びているその体つき、覆面から覗く二つの目、内側から覆いを押している鼻筋《はなすじ》、などで判った。確信があった。

すると、そいつが野太い声を出した。

「又六《またろく》、殺《や》れ」

言葉短く命ぜられて半円の中央にいた中肉中背が、正眼の構えを崩さず無言のまま三歩前へ滑り出た。

さながら滑車付きの足の裏か、と思わせるような見事な滑り出様《よう》だ。そして……正眼の構えの切っ先が小さく波打ち出した。腰をやや下げ気味に。

それを見て宗次の表情がサッと強張る。

「又六」という、おおよそ侍らしくない名に反し、全くスキの無い不気味な正眼波打ちの構えであった。

（はじめて見る……）と、宗次の口元が引きしまる。

右手で下げていた彦四郎貞宗の柄《つか》を、宗次はようやく両手で摑むと、刃を相手に向けた切っ先を左足甲の上あたりへ移し静止させた。腰は下げずに直立。

「ふん。揚真流下げ構え二番の二、炎龍《ひりゅう》の剣……か」と、構えを崩すことなく又六が呟いた。

「なんと……」と危うく宗次は小声を出しかけた。簡単に見抜かれてしまったではないか。炎龍の剣は、揚真流奥秘伝に位置する秘剣中の秘剣構えである。

余程に剣の流儀に精通する研究者か大剣客でないと、そうと判らぬ筈であった。

が、内心驚きはした宗次のその端整な面《おもて》は、動じず穏やかだった。

「左様、炎龍の剣じゃ又六とやら。自信あらば打ち壊してみよ」

告げて宗次の口元が、うっすらと笑った。

又六も、チラリと笑い返した。不敵な面構えが覆面の下にあることが、宗次には見えていた。

見えていなかったのは、又六の攻め方だった。はじめて目にする不気味な正眼波打ちの構えが、どう変化し、どう動くか読み難《にく》かった。

又六がまた宗次との間を詰めた。宗次がもし正眼に構えていたなら双方の切っ先は一、二寸とは開いていなかったであろう。

又六の後方にいる四名は、身じろぎもしない。呼吸《いき》を忘れてしまったかのように。

十四

宗次と又六の対峙《たいじ》は、正眼の構えを全く崩さぬまま四半時（三十分）以上も続いた。

「どしたっ」

右端の小柄な黒装束がやはり正眼の構えを崩さず苛立《いらだ》ったような声を発した。又六の技量を知り抜いている者の、声の響きだった。

「慌てることはない。一刀で仕留めろ」

宗次に「賢《かし》こそうな振りして天才人気絵師を気取りやがって……」と罵詈《ばり》を浴びせた左端のまだ抜刀していない〝あの野郎〟が、落ち着き払って言った。

激変が生じたのは次の瞬間だった。

宗次が又六との間を一気に詰めた。音無しの滑り寄り、としか言いようのない美しい、しかも異様な速さの接近。

まるで凪《な》いだ湖上を疾走する帆舟《ほぶね》を思わせる。

「退がれっ」

右端の黒装束の声が飛んだ。落ち着きを失っていた。

が、又六は逆に打ってかかった。何を思ってか。

ガチンと鋼《はがね》と鋼の激突音が一度あって、彦四郎貞宗が躍《おど》り上がるような円を描く。

「うおっ」

吼《ほ》えるが如き悲鳴を発したのは、又六だった。右手首から先が刀を持ったまま月光の中をくるくると舞い、刀が星屑《ほしくず》のように煌《きら》めいた。

宗次はと言えば、四方を囲まれたかたちとなって、元の流麗な炎龍の剣の下げ構え。

「おのれっ」

後方深くに素早く逃れた又六に替わって、右端の小柄な男が地を蹴った。

宗次の横面を狙い、肩を打ち、脇腹を払うの大業《おおわざ》を連続させたが、ことごとく彦四郎貞宗に受け返され、後方へ飛び退《よ》がった。

このとき、そう遠くない夜空に、呼び笛が鳴り渡った。

一人が吹く呼《よ》び笛《こ》ではなかった。幾人もが吹いている。

ハッとなった様子の黒装束四人。

その呼《よ》び笛《こ》は逃走する押しこみ強盗でも追っているのか、みるみる此方《こちら》へ向かってきた。

「あっちだ。逃すな、囲め」

微かにだが、金切声もはっきりと聞き取れる。

「引けいっ」

左端の〝あの野郎〟が命じると、黒装束たちの動きは右手首を斬り落とされた又六も含め俊敏だった。

身軽くたちまち塀を乗り越えて姿を消し去った。

宗次は彦四郎貞宗を鞘に納めると、目の前に落ちている又六の右手から刀を取り上げた。

刃渡りおよそ二尺二、三寸前後（六十七センチ前後）と見て取れた。刃にも柄にも「これは……」と注目する程の特徴はない。彦四郎貞宗と一度ガチンッと打ち合っていながら刃毀《はこぼ》れが無いところを見ると、丁寧に鍛冶《たんや》された刃ではあるようだった。

宗次はその刀を又六の右手首の上に戻すと広縁に上がる階段まで戻り、白足袋裏の汚れを軽く落とした。

そこへ数名の家臣を伴って安村雄之進が、廊下を小駈けにやってきた。家臣たちは、いずれも抜刀している。

まだ鳴り響いている呼び笛は、もう安村邸のかなり近くにまで来ており、捕《と》り方《かた》達の叫びや怒声《こ》も、はっきりと聞き取れた。

「大丈夫か宗次殿」

「呼び笛が鳴り響いたので、奴等さすがに汐《しお》が引くように退散致しましたよ」

「怪我《けが》は？」

「ありませぬ。お許し下され、庭先を血で汚してしまいました」

宗次はそう言いながら、庭に落ちている又六の右手首と刀の方へ目をやった。

「なに、構わぬよ。それにしても見事でありましたな。実は廊下の向こう詰めで、家臣たちと手に汗を握り見ており申した。宗次殿の言葉に反し、いつでも助勢できるようにと」

「相当な手練でありました。もし奴らと御家臣が入り乱れてぶつかっておれば、言葉を飾らずに申さば、御家臣にかなりの犠牲者が出ていたのではないかと思われまする」

「う、うむ。で、奴らの素姓の見当は？」

「いや、まだ判りませぬ。ただ、はっきりと言えることは、狙いは私であって恐らく安村様ではないということ」

「左様か……ま、私がこの場で多くを語ることは止すと致そう。その方が宜しかろう」

「それでは宗次はこれで失礼致しまする。騒ぎを招き入れる結果となり深くおわび申し上げます」

「近くまた参られよ。この安村、其方《そなた》がこの上もなく気に入り申したのでな」

「恐れ入ります。では……」

宗次は伝奏屋敷取締役安村雄之進に向かって丁重《ていちょう》に頭を下げると、ひとり玄関へ足を急がせた。外の騒ぎが気になっていた。捕り方たちの中に北町奉行所市中取締方筆頭同心飯田次五郎や春日町の平造親分、その配下の五平ら下っ引き達がいるのではないかと。

宗次が安村邸の表御門から出てみると案の定、飯田次五郎と平造親分とはっきり見てとれる二人が、捕り方や下っ引き達を率《ひき》いてこちらへ駈《か》けてくる。

待ち構える宗次の前で、息を弾ませ飯田次五郎と平造たちが立ち止まった。

「なんでい。何処のお武家かと思ったら宗次先生じゃねえか。びっくりさせるねい」と、飯田同心。

「どうしたんでい。このような刻限に、このような場所で侍に化けてよ」と平造親分が飯田次五郎の言葉のあとを継いで宗次の頭から足の先までをジロジロと眺めた。

「先生じゃなきゃあ、その刀をちょいと拝見、と言っていたところだぜい」

と、飯田同心が宗次に半歩ばかり詰め寄った。

「この御屋敷で絵仕事を始める打ち合わせがあったんでござんすよ。武士と公《く》家《げ》娘と寒桜、と題した襖絵《ふすまえ》を四枚描くもんで、私《あつし》もこの姿形《なり》で安村様の前で具体的に絵恰好《かっこう》を演じやした」

「なるほど……この御屋敷でかい」

と平造親分が表御門へ近付いて表札を見上げた。

「あ、伝奏屋敷取締役の安村様の御屋敷じゃねえか。全くいいところから次次と絵仕事の頼みがくるねえ」

感心する平造のそばへ寄った下っ引きの五平が、「親分あっしらは、この界隈の屋敷裏手まで駈け回ってみやす」と囁いた。

「おう、そうしてくれい。飯田様と儂《わし》は直ぐに追っかけるからよ」

「へい」

数人の下っ引き達と捕り方が一団となって、たちまち月明りの中を駈け離れていった。

「また事件ですかい親分」

「辻斬りだよ。次次と出やがる。今度は手練のお武家が一刀のもと袈裟斬りでよ」

手練のお武家、と聞いて宗次の脳裏で不吉なものが騒いだ。

「手練と申しやすと？」

「飛州十三万石松平家の御家臣で、神伝一刀流の皆伝者とかいう古坂重三郎様だ」

「えっ」

宗次の全身からサアッと血《ち》の気《け》が引いた。それは宗次が予想だにしていなかった悲劇であった。

「どしたい。古坂重三郎様と顔見知りのような驚き様《よう》じゃねえかい」

飯田同心が探るように宗次の顔をやや下から〝覗《のぞ》き〟込んだ。

「い、いいえ。神伝一刀流の皆伝者が袈裟斬りで倒されたと知って驚いたんでござんすよ」

「それだけかえ」

「それだけです。それよりも捕り方の後を早く追って下せえ。下手人はこの界隈へ逃げ込んだんでござんしょ」

「怪しい奴二、三人が、この方角へ逃げるように走り去ったってえ目撃者がいたんでよ。辻斬りの下手人か、夜這《よば》い野郎か、野盗野郎かは判っちゃいねえんだが」

「ま、どれだとしても捕り方や下っ引きだけを走らせちゃあいけやせん」

「そうよな。また居酒屋しのぶで会おうぜ。傷《いた》めた体はもう大丈夫なんだろうな」

「へい。心配ありやせん」

「気を付けねえよ」

「飯田様も平造親分も」

「おう」と応じて二人は月明りが作った人影を引きずって走り出した。

宗次はその後ろ姿が消えるのを待たずに体の向きを変えた。

「なんてえ事だ。神伝一刀流の達者である古坂重三郎様が袈裟斬りにされたとは……」

呟いて宗次は、古坂重三郎の家族の悲しみを思って月を仰《あお》いだ。

十五

翌正午過ぎ、宗次はいつもの町人絵師の姿形《なり》で先《ま》ず大伝馬町の縫製業佐島屋を訪ねて、老いた創業者夫婦に二代目兼造と小僧の突然の不幸を何とか慰めようとしたが、老夫婦の悲嘆《ひたん》はさながら狂乱に近く、とても言葉を掛けられるような状態ではなかった。

一刻（二時間）ばかり居て辛うじて聞き出せたのは、この日兼造は上得意先四、五軒を回って二百両近い縫製代金の回収があった筈だという。

そのあった筈の代金は、遺骸からは見つかっていないというのだ。

宗次は「日を改めて必ずまた参りやす」と言い残して、泣いて泣いて泣きやまぬ老夫婦から離れ、佐島屋を後にした。

次に足を急がせて訪ねたのは伝奏屋敷取締役安村雄之進宛ての添状を書いてくれた水戸藩上屋敷そばの大身旗本津木谷能登守定行だった。

御女中に殿様御殿の居間へ案内されて宗次は能登守と向き合った。

「よく訪ねてくれた宗次。八軒長屋へ使いを走らせようかと迷うていたところじゃ」

「もしや御殿様、すでにお耳に入っておりやすので？」

「うむ。安村雄之進が供侍三人を従えて朝早くに訪ねて参ってな」

「さいでやしたか。今日はその事で殿様におわびに参りやした」

「安村は余り多くを語りはせなんだが、屋敷へ侵入せし者の右手首から先と刀を持参しよった。あざやかな斬り口じゃのう宗次。いずれ其方《そなた》には真《まこと》の素姓を詳細に明かして貰わねばならぬわ」

「……」

「ま、今の言葉、今日は気にせずともよい。安村は自分が狙われたのではなく、どうやら其方《そなた》の命が侵入者の目的であったらしいと申しておった」

「はあ……私《あつし》のために申し訳ございやせん。安村様御屋敷の庭を血で汚してしまいやした。添状を頂戴いたしやした御殿様のお顔を潰したのではないかとこの宗次……」

「私の顔など、どうでもよい。案ずることはない。安村は太《ふと》っ腹《ぱら》な武士《もののふ》じゃ。其方《そなた》が無事であって何よりじゃよ。それにしても、このところ江戸市中が騒騒しいのう」

「確かに……」

「縫製業佐島屋の二代目兼造と小僧がバッサリと斬られ、得意先からの回収金二百両近くが奪われたらしいこと、また飛州藩の侍が路上で斬られたこと、などもも私の耳に届いておる」

「御殿様のお立場は、将軍様の身辺ご安泰だけでなく、江戸市中の治安にも目を光らせなきゃあなりやせんからねえ」

「うむ、ま、小さな騒ぎは、いちいち役人たちも届けてはくれぬが、佐島屋ともなると、今や大奥の着物まで手がけておるのでな。無視は出来ぬわ」

「私《あっし》も亡くなった佐島屋二代目からは、先代兼一の姿絵を描いてほしいと頼まれておりやして」

「なに。そうであったのか。其方《そなた》も今や絵仕事が広がっていようから、よい話も辛い話も多く届くわのう」

「はい……今日は兎《と》も角《かく》も、御殿様におわびに参上いたしやした。なにとぞ御許し下さいやし」

「許すも許さぬもない。外はまだ明るいが、日が落ちるのも近い。どうじゃ、気晴らしに一杯やるか」

「とんでもございやせん。今日のところはこれで……」

「遠慮するな、この屋敷をな、自分の親類の屋敷とでも思え。自由に出入りしてよいぞ。大番頭六五〇〇石津木谷能登守の屋敷などと思うな。判ったな宗次」

「御殿様……有り難うございやす。お優しいお言葉、身に染みやす。が、今日は日暮れまでにもう一軒立ち寄りたい所がございやして」

「何処へだ、と訊いてもよいか」

「御殿様だからこそ申し上げやす、飛州藩邸へ参りやす」

「そうか。そうであったか。うむ、深くは訊《き》かぬとしよう。ならば無理には引き止められぬ」

「御殿様の温かなお言葉、この通り重ねて感謝申し上げやす」

宗次は丁重に平伏すると、立ち上がった。

「見送らぬぞ。くれぐれも身辺に気を付けてな」

「はい」

「丸腰じゃな。私の刀を持っていくがよい」

「いえ、このままで」

「そうか……途中、用心するように」

「心得ておりやす」

宗次は静かに居間から出ると、玄関へ向かった。奥方咲江《さきえ》のその後の容態が気になってはいたが、次に訪ねなければならぬ先を優先した。

なぜなら、またしても不吉な予感が脳裏をかすめていたからだ。

目的地は、さほど遠くはない。

宗次は、津木谷邸近くを流れる大外濠に架かった小振りな木橋を南へ向かって渡った。

このようにさして目立たぬ小振りな木橋が明暦三年の大火後、ぼちぼちと市中に増え出していた。明暦三年の大火の余りに多数の死者に懲りた幕府が、避難橋《なんばし》とも町人橋とも称して架けているものだった。

が、橋を無計画に増やせば、「いざ鎌倉」のとき敵の侵入口となる危険があり、江戸城へ敵兵がなだれ込みかねない。

その心配をおしてでも架け増やさねばならぬほど、明暦の大火の犠牲は悲惨極まるものだった。

宗次は秋の空を仰いで「朝早くに出るべきだったかい」と、舌打ちした。

午後の日はすでに西の空深くに傾き、秋の日だけに沈み出すと早かった。日落ちを恐れる宗次ではなかったが、次に訪ねる所の他にもう一つ大事な行き先を残していた。

宗次は大きな武家屋敷に挟まれてひっそりとした稲荷《いなり》小路を抜けて広小路へと入った。この辺りは全くと言っていいほど、明るい日中といえども人とはすれ違わない。ただ武家屋敷の白塗り土塀や長屋塀がどこまでも続くだけだった。町人たちは〝物騒通り〟と呼んで日頃はほとんど近付かない。ましてや日は西に深く、辻斬り騒ぎが広まっているだけに、尚更《なおさら》人の通りは絶えていた。

宗次は、茜《あかね》色の濃さを増しつつある空の下を急いだ。

行き先は、内濠の忍び御門と向き合う位置にある飛州藩十三万石松平家上屋敷。飛州藩士で神伝一刀流皆伝の古坂重三郎が斬殺されたとあっては、藩邸へ出向かないではおれない宗次である。

八軒長屋を訪れた帰り道に襲われたのではないかと思われるため、そのあたりの事を古坂と同僚の藩士盛塚小平に詳しく訊ねてみる積もりであった。

二羽の烏《からす》が鳴きながら、宗次の頭上を東から西へと飛び去った。塒《ねぐら》にでも戻るのであろうか。

広小路の中程まで来たとき、宗次の足が止まった。

屋敷路地から待ち構えていたように一人の侍が現われ、宗次に向かって丁寧に腰を折った。年齢《とし》は二十五、六か。小綺麗な羽織袴《はおりはかま》の形《なり》から見て明らかに浪人ではなく、しかし宗次がよく知る旗本の印象でもなく、したがって何処ぞの藩士かと思われた。

「今をときめく人気浮世絵師の宗次先生でいらっしゃいまするか」

「ときめくかどうかは知りやせんが浮世絵師の宗次でござんす」

「お待ち致しておりました」と、あくまで糞丁寧《くそていねい》である。

「なぜ私《あつし》が此処を通ると知ってなさいやした。もしや今日一日、私《あつし》の後をつけ回しておられやしたか」

「………」

「ふん、ご苦労なこった。人生は誠に短《みじけ》えんですぜい御侍様。あなた様もあっという間《ま》にあの世からお迎えがくる年になりまさあ。くだらねえ事に刻《とき》を無駄に費《つい》やさず、ご自身のため大事に有意義に使いなせえ」

「……」

「で、ご用の向きは？」

「お命を頂戴せねばなりませぬ」

「ほう。それはまた何故」

「邪魔だからでございます」

「ふうん。邪魔ねえ」

「私は飛州藩士盛塚小平。上方の神伝一刀流を心得申す」

「なんとなんと。あなた様が古坂様から聞いていた盛塚小平様とは、こりゃまた驚きやした。しかも亡くなられた古坂様と同じ神伝一刀流を心得てなさいやすとは」

「くくっ、丸腰を斬っては幾ら何でも後味が悪い。小刀を貸してやろうか、おい宗次」

突然、ガラリと盛塚小平の言葉遣い、顔つきが変わった。

「ようやく本性を出しやがったか。亡くなった古坂様の話では、手前《てめえ》は三年前に藩京屋敷から江戸屋敷詰めになりやがったそうだが、もしかして上方で暗殺請負を生業《なりわい》とする宮小路集団の〝江戸頭《えどがしら》〟じゃねえのか」

「くくくっ、だったらどうした阿呆絵師よ」

「新たに京屋敷から江戸屋敷詰めになった尾野倉才蔵も一味だろ。だが尾野倉は上方で自分のやってきた残忍なことが怖くなり暗殺組織から抜け出したがっていた。だから組織で名うての老剣客を巧みに使って殺害した。どうじゃ、違うけ。それに盛塚小平よ。古坂重三郎殿は、もしかして貴様を怪しんでいたんじゃねえのか」

「そうよ、奴は俺を怪しみ始めていた。ねちねちした警戒の目で俺を見るようになりやがった、くそったれが。江戸の組織を固めるこの大事な時期に」

「その若さで汚《きたね》え組織に足を突っ込んで、後悔はねえのかえ。俺が阿呆絵師なら、手前《てめえ》は大馬鹿小平だぜい」

「ふん何とでも言え。名家の藩士とは言っても俸禄は僅かに一〇〇石。それに比べりゃあ組織からは年に何百両も入ってくるわ。くくくっ、これの旨さは、こたえられん。阿呆絵師なんぞにこの味は判らん」

「佐島屋の旦那と小僧をやったのも手前《てめえ》か」

「佐島屋？……あ、懐に二百両も持っていたあの商人か。江戸に我らの組織が腰を据えるためにはどうしても、まとまった金が要《い》ったのでな」

「よくも将来ある小僧にまで手をかけやがったな。それにしても、ペラペラと汚え組織のことを調子よく喋《しゃべ》ってくれやがって。俺が〝江戸頭〟ならさしずめ手前《てめえ》の首を先ずちょん切ってやるぜい」

「阿呆絵師よ。お前はちょろちょろ動き回って知らぬ内にとは言え組織の眼に触れ過ぎた。邪魔者は消す、これが宮小路一族の掟《おきて》でな。悪く思うな」

「なにが一族じゃ。公家気取りさらしやがって」

「覚悟……」

盛塚小平が抜刀した。空は一面、血のような夕焼け色。

「私《あっし》が丸腰なんで、確実に殺《や》れると読んで、あれこれ喋ってくれやしたのかい江戸頭殿」

宗次は雪駄《せった》を脱ぎ、腰帯に通してある鋼《はがね》造りの長煙管《ながギセル》を抜き取り、かたちよい鼻の前に垂直に立てて、ゆっくりと左足を引いた。腰の高さが自然と下がる。流れるような動きだ。

ところが盛塚小平も、なんと白刃《しらは》を顔の前に垂直に立て、宗次と同じように左足を引いたではないか。

（なんと……）

（こいつあ……）

二人の表情が、お互い胸中でそう呟いたかの如くたちまち硬くなった。とりわけ宗次の表情は、安村邸で五人の黒装束に襲われたとき以上に、強張《こわば》ってさえいた。

神伝一刀流の業について、宗次は殆ど知らない。上方を拠点とした剣法なのだ。

宗次は、こいつ相手に長煙管じゃあ一気には打ち合えねえかも、と思った。

「どしたい賢い振りしている宗次先生様よ。その男前の顔に恐怖が滲《にじ》み出てるのう」

「確かにお前《めえ》さんの身構えは、大変な腕前のようだ。だが惜しいやね。そして悲しいやね。お前《めえ》の言葉も顔つきも白刃の構え方も下品すぎるほど下品だあな。それじゃあ剣法にならねえぜ。それによ、お前《めえ》の今の汚れきった素顔が表沙汰《おもてざた》になりゃあ、飛州藩は親藩といえどもお取り潰しだあな。腹を空かせた浪人がまた、世の中にどっと増えたりしてよ」

「くくくっ、飛州藩がお取り潰しになる筈はなかろう。賢い振りして人気絵師を気取っていやがる宗次先生は、間もなく此処であの世行きだからのう。見ているのは、武家屋敷の白い土塀だけじゃ、ひひひひっ」

「狂ってやがる」

「おう、この盛塚小平は狂っておる……いくぞ」

盛塚小平が大胆に間《ま》を詰めた。人を殺し馴《な》れている者の間《ま》の詰め方だ、と宗次は思った。

宗次は長煙管を構えたまま三歩を退がった。

盛塚小平は休まず迫った。尚も宗次は退がる。宗次の腕を相当なもの、とすでに読み切っている小平ではあった。油断は出来ぬ、という気持はむろんある。だが、恐れなどは皆無だった。これこそが殺しに馴れ切っている者の最大の武器、と小平は思っている。それが自信を強く支えていた。

と、宗次が退くのを止めた。垂直だった長煙管が斜めとなっている。小平は、息を止めた。いや、止まったと言い直すべきだった。意識して止めたのではなく、止まってしまったのだ。

長煙管の雁首《がんくび》が自分の方を向いていた。たったそれだけの事であるのに、それは小平の意識の中へ真っ直ぐに入ってきた。

「斬る」

小平は薄気味悪い低い声を発した。相手を威圧するよりも、己れを激情化させるためだった。そして、ギリギリと音立てて歯を嚙《か》み鳴らした。

(来る……)と宗次が思った刹那《せつな》、小平のほとんど目に見えぬ突き業が伸びてきた。

顔の前に垂直に立てていた白刃の豹変《ひょうへん》だった。

宗次は退がる余裕を与えられず、上体を右へ振った。

辛うじて躱《かわ》せたか、と思った次の瞬間、小平の白刃は吸い付くようにして宗次の左の頰を追い、二度叩いた。斬る、というよりは〝叩く〟白刃の動きだった。軽くである。

にもかかわらず、もんどり打って宗次は横転した。

頬に二本の赤い線が走り、そこからたちまち夕焼け色のような鮮血が吹き出した。

「ふふふっ、も少しやると思うたが、意外に弱いのう」

小平は白い歯を見せて笑った。

左の頬から首にかけてを血まみれとして、宗次は立ちあがった。

「痛いか、おい絵描《か》き」

小平は再び歯を噛み鳴らし、大上段に構えた。

無言の宗次は再び長煙管を鼻の前に垂直に立てた。そして静かに長煙管を斜めに傾けていく。

雁首は、やはり小平に向いていた。

小平の呼吸《いき》がまた止まった。苛立《いらだ》っているのか歯を噛み鳴らす音が先程よりも大きくなった。

宗次の頬からは脈打つように血が噴き出した。どくどくという音を立てているかのようにして。

「終りじゃ」

小平が大上段のまま宗次に迫り、宗次の左脇へ刃を打ち下ろした。いや、打ち下ろしたように見せた。だが切っ先は瞬時に宗次の内股に入っており、まるで右肩から潜り込むようにして激しく跳ね上げた。

宗次が軽軽と後方へ飛び退がり、その勢いで夕焼け空の下、無数の赤い血玉が頬の傷口から弾け散った。

「逃がさん」

小平は一気に迫って宗次の左脇腹へ斬り込んだ。

宗次が長煙管ではじめて受けた。

ガツンという音。青白い火花が飛び散り、小平は目にも止まらぬ光のような速さで、二撃、三撃、四撃と宗次の左脇腹を連打した。

全てを宗次の長煙管で受け弾かれた小平が五撃目を止《とど》まり、二歩引いて正眼に構えを改めた。

宗次の頬から噴き出す血は止まらず、胸元までが朱《あけ》に染まった。

「おんのれえ」

小平は双《ふた》つの目を爛爛《らんらん》とさせた。全身が沸騰《ふっとう》していると自分でも判った。震えがくるほど肉体の隅隅に激情が行き渡っているのを感じた。

（次じゃ……次に斬る）

小平は眦を吊り上げて打って出た。凄絶《せいぜつ》だった。相手に対する恐怖がなかったから猛烈に攻めた。死ねっ、死ねっ、が頭の中で荒れ狂う。

「ぬん、ぬん、ぬん、ぬん」

小平は、宗次の膝、腹、肩、側頭に炎《ひ》のような斬り込みを放った。

が、宗次はよろめくような様を見せながらも、ふわりふわりと蝶《ちょう》が舞うようにして全てを長煙管で受けた。

小平は、またもや二、三歩退がり、改めて宗次を睨《にら》みつけた。

宗次は空から降り注ぐ夕焼け色を浴び、右足を軽く引いて腰を浅く沈め、はじめの身構えを微塵も崩していない。

上半身血まみれであるというのに、その形、姿の妖しさはさながら大歌舞伎の役者のような凄みある美しさだった。

小平は、初めてたじたじとなった。上方では一度として対峙したことのない奴、と思った。宗次がとてつもなく、大きく見え始めてもいた。背すじに汗が噴き出した。

「来なせえ」

宗次が美しい身構えのまま言葉短く誘った。力みのない、やわらかな誘いだった。

「いえいっ」

小平は引きつけられるかのように突っ込んだ。激情の固まりとなって突っ込んだ。月夜の光と化していた。

おのれっ肩、おのれっ面、と肩面肩面を渾身《こんしん》の力で交互に連打した。間違いなく宗次の肩も面も切っ先が充分に届く目の前にあった。にもかかわらず、全てが、空《くう》を切った。

またしても小平はゾッとなって退がった。肩で息をしていた。目は充血して吊り上がり、犬歯をむき出しにしてまるで飢えた野犬のようだった。

(こいつの面前に姿を出したのは、少し早過ぎたか……)

と、この時になって小平は後悔した。失敗だ、と思った。

宗次が穏やかに言った。

「恐ろしい剣だぜい。まさしく殺しのための暗殺剣だあな。業《わざ》の冴えはこの浮世絵師の喧嘩《けんか》剣法を遥かに凌《しの》いでまさあ。上方神伝一刀流、身ぶるいするほど凄い剣法でござんすよ。だが、激情にだけ頼ってちゃあ、ちょいと頭のいい蟋蟀《こおろぎ》なら、一匹だって斬れますめえよ」

「なにいっ」

「真《まこと》の剣の業ってえのは、心を鎮めて悪を打ちのめすもんでござんしょ」

「やってみやがれ。心を鎮めて、とかの身構えでのう」

「心を鎮めりゃあ、お前《めえ》さんの黒い胆《はら》がよく見える」

「だから、よく見えているなら、口先は止してやってみせろ。この糞絵師が」

「なんてえ汚え言葉」

「汚え言葉で結構じゃ。早《はよ》うやって見せやがれ賢い振りするこの馬鹿」

「よござんす。見せやしょう」

「おう」と小平が吼え気味に犬歯をむき出した直後であった。

暗殺者小平の眉間《みけん》がパアンッと破裂したような乾いた鋭い音を発し、小平は仰向けに叩きつけられた。足元を半歩さえも移動させず、後方へ半円を描き朽《く》ち木《き》が倒れるように激しく地面に背中を叩きつけられた。

宗次と言えば、いつの間にどのようにして急接近したのか、ほとんど小平と組み合える位置にいるではないか。

しかも、真っ直ぐに伸ばした右手の先で、長煙管が月夜を突き刺していた。雁首が、小平の眉間の高さ辺りで向こうを向いた。

その雁首――六角――の痕《あと》が深深と小平の眉間に残り、ドクッと最初の赤い塊《かたまり》――に見えるもの――が湧き上がった。

一撃を加えた宗次の絵のように美しく決まった身構えが、静かにゆっくりと解きほぐれていく。

ふうっ、と月を見上げて宗次は小さな息を吐いた。

「淋《さび》しい死に様じゃや。秋だけに一層淋しいのう。これ迄の報いというべきか」

骸《むくろ》と化した小平に一瞥《いちべつ》もくれず、宗次は侍言葉を残してその場を離れた。

〽**月落ち烏《からす》啼《な》いて霜天《そうてん》に満つ。江楓漁火《こうふうぎょか》愁眠《しゅうみん》に対す……**

好きな唐詩選を低い声でうたいながら、宗次の足は広小路を稲荷小路に向けて引き返した。

残した一軒、そこへ行かねばならなかった。

月が雲に隠れたり出たりし始めた。

いわゆる屋敷路《やしきじ》である広小路や稲荷小路は、月が雲に隠れるとそれこそ真っ暗である。

広小路から稲荷小路にかけての長い道のりに辻番があるのは、たったの二か所。それも幕府が置く公儀辻番ではなく、通りに建ち並ぶ大名旗本家が共同で設置する組合辻番だった。

この組合辻番、近ごろは管理を面倒がる大名旗本家が「辻番請負人」に任せる傾向を見せ始めていた。

しかし無差別な辻斬りなど凶悪犯罪が横行し出すと、請負った辻番も怖がって、とくに夜などはしばしば不在となってしまう。辻番提灯の明りを点《とも》してから不在となるのはまだましで、辻番提灯も点さずに逃げ出せば、月明りのない夜などはそれこそ真っ暗だ。

今宵の広小路から稲荷小路にかけてが、月が雲に隠れるとその真っ暗な夜だった。

辻番請負人たちを恐怖のどん底に陥れる凶悪の殺し屋の一人の息の根を、宗次は先程、止めたのである。

雲に隠れたり出たりを繰り返す月明りを頼りに、宗次が稲荷小路を出て大外濠川(神田川)に架かった木橋まで来ると、ようやく月明りは皓皓たるものになった。木橋の渡り口にも組合番所があったが、やはり提灯も点さずに不在。無差別な辻斬りが横行すると、管理する大名旗本家も強く小言《こごと》を言えなかった。

十六

宗次の足は神田明神《みようじん》下を少し行き過ぎた水茶屋角の暗がりで止まった。近頃頓《とみ》にこの界隈は水茶屋、料理茶屋、居酒飯屋《いざけめしや》(今でいう小料理屋)などの〝水もの商売〟が目立ち始めていた。が、その辺りの小道・路地に粋《いき》な姐《ねえ》さん達の往き来姿の賑わいを見るようになる迄には、もう少し時代を待たなければならない。

それでも〝水もの商売〟に手を染める連中はあれこれ知恵働きに優れる者が少なくなく、あの水茶屋この料理茶屋へ茶汲女《ちゃくみおんな》や座敷女中を差し向ける口入《くちいれ》屋《や》（置屋《おきや》）みたいなものは、ちゃんと姿を見せ始めていた。

この刻限、この界隈はまだそこかしこに店提灯《たなちょうちん》が点っている。

水茶屋南の暗がりに佇《たたず》んで、宗次は店提灯《たなちょうちん》がぶら下がっている神田明神下「水もの通り」の向こうへ目を凝《こ》らした。「水もの通り」は酒好き職人達の間で、誰が言うともなく広まり出した呼び名だ。

この「水もの通り」へ入る直前まで、宗次は背後にヒタヒタと忍び寄ってくるような気配を捉えていた。

だが通りには、三味線《しゃみせん》の音や酔客《すいきゃく》の笑い声や歌声が満ちていて、その気配を再び感じ取ることは難しかった。

宗次は小路《こうじ》へ体を一、二歩引っ込めると体の向きを変えて、足を急がせた。

一つ南側の広い通りへ出るのに、小路を半町といく必要もなかった。

広い通りへ出た直ぐ目の前、そこに上級町屋の典型を思わせる広壮な二階建

い。
戸八百八町の誰彼に知られ過ぎている、と言い替えた方が正しいのかもしれな
いや、夢座敷が知れわたっているのではなくて、主人《あるじ》である女将の幸《こう》が大江
高級料理茶屋として士農工商に知れわたっている「夢座敷」であった。
の建物があった。

宗次は夢座敷横の路地へ入って行くと、勝手口の前に立って用心深く辺りを
見まわしてから、木戸のからくり錠を開けた。月明りに頼らなくとも充分に開
け方を承知している、からくり錠だった。
庭内に入って宗次は木戸を閉めた。
夢座敷の一階は誰もが気楽に入れる上品な居酒屋風の造りになっており、二
階には上客のための座敷が七部屋あった。
一、二階ともさすがに居酒屋「しのぶ」のようなどんちゃん騒ぎが窓から漏
れてくることはなく、三味線や琴の音《ね》、お姐さんの歌声、手拍子、客の笑い声
などいずれも抑制的で穏やかだ。
勝手口から石畳を真っ直ぐに行った正面、そこに女将幸《こう》の私生活の場である

離れの広縁があった。

離れは大小五部屋から成っている。

石畳を中ほどまで行って宗次の足が止まった。

ふっと止まった、という感じだった。視線が明りを点している大きな石灯籠の斜め向こうに向けられている。

そこに幸が一日の疲れを取る風呂場があることを、宗次は知っている。

その風呂場の窓から、湯浴《ゆあ》みの音が漏れていた。

「はて、湯を浴びるにゃあ、まだ少し早いんじゃねえのか」

呟いて宗次は、何気なく上客の客間がある二階を見上げた。

宗次の顔が「あれ？」となった。二階はこちら側の庭に面して廊下になっている。客間へ挨拶《あいさつ》にでも行くのか、その廊下窓に幸の横顔がはっきりと見えた。

今宵は眩しいほどの満月のせいか、どの廊下窓も障子を開け放っている。

(じゃあ湯浴みは宮小路高子か？……いや、いくらなんでも主人《あるじ》が忙しくしている刻《とき》に勝手には入るめえ)

と思ったが、宗次は気になって風呂場の格子窓《こうしまど》に足音を忍ばせて近付いた。

（はて？）と、宗次は格子窓の手前で首を傾《かし》げた。随分と力強いというか乱暴というか、あまりしとやかでない湯浴みの音であると思った。

（素姓極めて怪しくなってきた宮小路高子だが、しかし充分な教養を積んだ女には見えていた……）

そう思った宗次は迷ったが、格子窓にそっと手を伸ばし、人差し指の先でそっと隙間《すきま》をつくって顔を近付けた。

湯船を前にして宗次に背を向け、湯を浴びているほっそりとした背中があった。多くの美しい女体を描いてきた宗次の目には、瑞瑞《みずみず》しい白く「若い肌」と判った。

宮小路高子の裸身を見たことのない宗次であったが、「高子に相違ない」と思った。

が、予想もしなかった大衝撃が宗次を待ち構えていた。

糠袋《ぬかぶくろ》で肌を優しくこすり終えたその後ろ向きの白く「若い肌」が、湯桶《ゆおけ》を右手にして湯を掬《すく》い肩から浴びた。

湯桶に湯を満たせばかなりの重さとなる。

その瞬間「若い肌」の、肩、上腕部の筋肉が不自然なほど――というよりは異常なほど――盛り上がったのだ。ほっそりとした妖しい後ろ姿からは、とうてい想像できぬ凄い筋肉だった。

だが、宗次が受けた大衝撃はそれだけではなかった。

糠汁を綺麗に流し終えた白く「若い肌」は、立ち上がると体の向きを宗次に向けてやや斜めとし、湯船に入ろうとした。

宗次は胸の内で（あっ……）と叫び目をむくと、そろり後ずさった。

足音を殺して離れの広縁まで戻ると、ちょうど幸が母屋《おもや》（店）と離れをつなぐ渡り廊下をこちらに向け渡ろうとするところだった。

宗次に気付いた幸が、「あら……」というような美しい笑みを見せるよりも先に、宗次は唇の前に人差し指を立てて雪駄を脱ぎ広縁に上がった。

「お前様、どうなされましたの？」と、宗次のそばに来た幸が声をひそめた。

「宮小路高子が湯を浴びてるぜ」と、宗次も声を抑えた。

「まあっ」

「承知していたんじゃあなかったのかい」

「いいえ。この離れの風呂場に私以外の者が入ることを承知したことは一度としてありませぬ。それに今日は忙しくて、朝に湯船に張っておいた水はまだ沸かしてはおりませぬ」

「ならば高子は自分で湯を沸かしやがったのだ。それによ、高子は私や幸が考えていたような人間ではねえぜ」

「え？……意味が判りませぬ、お前様」

「湯浴みの音がどうも少し力強いというか乱暴なんで、悪いとは思ったが近付いて格子窓から覗いてみて腰を抜かしてしまったい」

「腰を？」

「おうよ。あの宮小路高子、えれえ物が無くて、えれえ物をぶら下げてやがった」

「？……」

「まだ判らねえのか。妖しかるべき乳房がなくてよ、丸太ん棒一本と手鞠《てまり》二つをぶら下げていやがったのよ」

「ええっ」と幸は白雪のように白い手で口を覆《おお》い、目を見張った。

「それもだ。聞いていた年には不似合いなほど、一人前過ぎる程の丸太ん棒と手鞠ときやがった」

「こそ泥の侵入ではありませぬのね。本当に宮小路高子様でありましたか」

「こそ泥が風呂を沸かして入ったりするものかえ。奴は……」

そこで皆まで言わず宗次の言葉が止まった。広い庭のずっと奥まった方へ視線を向けている。これまでに、事件などで負傷した宗次を、幾度となく手当してきた幸である。宗次と共に、幸自身も危ない目に遭っている。

宗次の様子に何かを感じたのであろうか。そばを離れた幸は障子をあけて座敷へ入っていくと、次の間との間を仕切る襖を開けて黒箪笥の引出しを引いた。

取り出したのは、白柄黒鞘の大小刀であった。何かの時の備えに、と宗次が心から信ずる女性《ひと》幸に預けてあった名刀、備前長船《びぜんおさふね》三郎《さぶろう》四郎《しろう》時宗《ときむね》である。

大刀は刃渡り二尺三寸二分。切っ先三寸の切れ味この刀に勝るもの無し、と言われている程の名刀だ。

広縁に戻った幸は何も言わずに備前長船を宗次に手渡し、受け取った宗次はそれを静かに腰帯に通した。

「すまぬ幸。この満月の下、庭を血で汚すことになるやも知れぬ」

「庭のことなどより、お前様の身を心配致します」

幸がそう言ったとき、長い廊下の突き当たり――風呂場のある所――でゴトリと音がして格子戸が開いた。

柱に掛けた防火工夫の〝掛け行灯〟の明りの下に宮小路高子が立った。

幸が思わず、宗次の後ろへ隠れる様子を見せる。

「ふふふふっ」

なんと高子が笑った。ニタアッとした笑いだ。整った面立ちだけに凄まじい霊気を放つ笑いだった。

「見たな浮世絵師宗次……妾《わらわ》の綺麗な裸を見たな」

「見やしたぜい、宮小路の御姫様、いや若様かな」

「お前を殺してな、惚《ほ》れてしもうたそこにいる吉祥天《きちじようてん》のように妖しく美しい女御《にょご》を好き勝手に食ろうてやろうと思うたが、思うようにゆかなんだは、ちと残念じゃ」

「何が、ちと残念じゃ、でござんすか宮小路の姫若様」

「宗次よ、お前が今ここにいるということは、盛塚小平は倒したのかえ」

「お気の毒でござんしたね。江戸頭とかがいなきゃあ、宮小路集団にとっちゃあ江戸は不案内でござんしょうねえ」

「そうかえ。あの神伝一刀流皆伝の盛塚小平も浮世絵師宗次には、かなわなかったかえ。あちこちの旗本や藩士とお前との会話は全て、天井裏で聞かせて貰《もろ》うたが、なるほど揚真流剣法は思うていたよりは、やるのじゃな」

そう言い終えて、宮小路高子は鋭く指笛を二度鳴らした。

塒《ねぐら》に戻る野鳥の啼《な》き声に聞こえなくもない。

と、宗次が先程から気にかけていたずっと奥まった庭に、塀を乗り越え、いや飛び越えて一人また一人と下り立った。

その数四名。全て黒装束。

宗次は幸に囁いた。べらんめえ調ではなかった。

「母屋へ退がっていなさい。渡り廊下の木戸及び母屋の庭と離れの庭の仕切り塀の木戸、これをしっかりと閉じなさい」

「はい。でも、お前様……」

「私は大丈夫だ幸。私をよく知っていよう。さ急いで……」

「はい」

幸はいとしい人のそばから離れた。宗次の素姓、輝ける文武の才すべてを知る幸である。それでも不安この上もなかった。

渡り廊下を渡り終え、仕切《し》り木戸を閉める幸の手が緩んだ。

（お前様……）

その声が届いたのかどうか、宗次が振り向いて微笑《ほほえ》み頷く。

その左手はすでに鯉口《こいぐち》にかかっていた。

「お救い下さい……どうかお救い下さいまし」

神へ祈り、仏に訴えつつ、幸は仕切り木戸を閉じた。

十七

　宗次と風呂場の前から動かぬ宮小路高子との間は、およそ十間《けん》前後（十八、九メートル）。その間を高子は両手を丸く膨らませて胸に当て、ありもせぬ乳房を隠すかのようにして、そろり宗次との間を詰め出した。

　それが癖《くせ》であるのか、それとも宗次をからかっているのか、やわらかく腰をくねらせている。

　風呂場の格子窓から高子の裸体を見ていなければ、それはまぎれもなく若く美しい女体と思うたであろう宗次だった。

　高子の足が宗次から五、六間のところで止まり、小首を傾げて物悲し気に宗次を見つめたかと思うと、再びあのニタアッとした笑いを見せた。

　役者にでもなった積もりのような、一つ一つの動き、表情だった。

「美しくも……おそろしい」

と呟いて、宗次は高子との間を一間ばかり詰め、不意にパチンッと鍔《つば》を打ち鳴らした。

高子の体が一瞬だが、小さくビクンと反応した。

「これ、驚かすでない宗次。妾はそなたも嫌いではないのじゃ。この世でたった一人、男《おのこ》を選べと言われたなら妾は宗次を選ぶ……ひひひひっ」

薄ら笑いで覗かせた高子の歯が、掛け行灯の明りを受けて柿色に染《そ》まって見え、宗次は身の毛が弥立《よだ》った。

高子が廊下から広縁へと移った。

幸の離れ座敷は、雨戸を閉《し》めるための鴨居《かもい》と敷居を持つ廊下を有し、その廊下の外側に広縁がある、という構造になっていた。

用心深い幸は、いつもなら日が沈むと店の者に雨戸を閉めさせている。

が、秋の満月の日だけは例外とすることがあった。

こともあろうに、その例外の今宵《こよい》、奥庭に黒装束四つが侵入したのだ。

「ふふふふ、宗次は京《みやこ》へ来た事があるか？」

高子が広縁の端で、庭先へ下りようとする様子を見せながら、豹変したように優しい顔つきとなり〝美貌〟が際立った。

「ない」

「ならば大坂はどうじゃ」

「ない」

「宮小路高子についてもっと詳しく知りたくば、一度京、大坂へ参られよ。但し、其方《そなた》の命があったらばじゃがのう」

高子はそう言ってふわりと庭先へ下りると、奥庭に向かって走りたちまち黒装束四人に加わった。

宗次は急ぐこともなく、大きな御影石《みかげいし》の踏み台に脱いであった雪駄を履き、穏やかな足取りで黒装束に迫った。

高子と黒装束が左手へ誘い込むようにして、離れの裏手に当たる庭へと退がってゆく。そこは夢座敷二階の廊下窓からは全く見えない。また明りを点している大きな石灯籠もなかった。

が、今宵は青白い月明りが眩しいほど降り注いでいる。

月下で五人対一人の足が止まって四人が高子を間に挟み素早く横一列に広がった。

「その一、儀礼法度《はっと》（法令）に背《そむ》かば流罪《るざい》に処す」

不意に宮小路高子が抑え気味の澄んだ綺麗な声で、うたう様《よう》に発した。

続いて何と、黒装束の一人一人がその後に続いた。

「その二、昼夜《ちゅうや》の勤め（御所などでの）怠《おこた》らば厳罪に処す」

「その三、用無く町小路をうろうろ徘徊《はいかい》せばきつく咎《とが》める」

「その四、悪行の青侍を召し抱えたるは流罪に処す」

「その五、家格に応じたる学問に熱意あるべし」

言い終えて黒装束四人が一斉に刀の柄に手をかけ、宮小路高子だけが彼等から四、五歩を退がった。

そして、高子のかたちよいその唇が、月下に罵詈《ばり》を吐き捨てた。

「なにが公家衆法度《はっと》じゃ家康の馬鹿爺《じじい》が。おのれの首を絞める徳川衆法度でも先に発布しやがれい……ケッ」

怒りに満ちていた。体を一度だけであったが、ぶるっと震わせたのが月明りの中、宗次にははっきりと見て取れた。

爆発しそうな激しい、しかしどこか悲し気な怒り。宮小路高子のその様子が、宗次にはそう受け取れた。

いま高子らが吐いたのは、幕府初代将軍徳川家康が慶長十八年（一六一三年）六月十六日に公家に対し有無をいわせず発布した五ヶ条の掟《おきて》（法令）であった。

公家衆法度つまり徳川幕府安定化を狙った公家取締法令である。公家の誇りも権威も権限も打ちのめすことを目的としたこの法度発令と同時に、家康は高僧（特に知恩院《ちおんいん》、大徳寺《だいとくじ》、妙心寺《みょうしんじ》、知恩寺、浄華院《じょうげいん》、泉涌寺《せんにゅうじ》、粟生光明寺《あおうこうみょうじ》、金戒光明寺《こんかいこうみょうじ》の八大寺院）への紫衣《しえ》を授与する朝廷の権限をも、勅許《ちょっきょ》紫衣法度を発令することで「勝手授与は許さず」と〝弾圧〟した。徳川将軍が二代、三代、四代……と永続することを強く願っての、初代将軍家康の対京《みやこ》政策であった。

紫衣とは、中国唐代に初めて世に出た高僧が着用する紫色の袈裟のことで、わが国では天平《てんぴょう》七年（七三五年）に留学僧玄昉《げんぼう》が経論五千巻余を持って帰朝した際、時の聖武《しょうむ》天皇が紫衣を授与したのが最初である。

「殺《や》れっ」

高子の命令で四人の黒装束が抜刀し、正眼に構えた。

宗次は、まだ抜かない。

と、何を思ったか高子の「待てっ」が飛んで、黒装束四人が半歩ばかり反射的に退がった。

「又五郎《またごろう》」

「はい」

「お前の腕なら一人で殺《や》れよう。右手首を斬り落とされてのち亡くなった弟又六の仇《かたき》は一人で討ちたかろう」

「いかにも」

「お前に任せる、宗次を殺れ」

「承知」

「殺れるな、必ず」

「お任せあれ」

高子に応じたその声を、忘れる筈のない宗次だった。〝あの野郎〟の声だ。

「よし、他の者はついて参れ。ひとまず京、いや大坂じゃ」

言うなり高子は踵《きびす》を返して六尺以上の高さはあろう塀に向かって走り、刀を鞘に納めた黒装束三人もその後を素早く追った。

さながら猫のように宙に躍って、音もなく塀の向こうへ消え去った月下の四人。

あとに残ったのは、宗次と又五郎を除けば、思い出したように広がり出した蟋蟀《こおろぎ》の囀《さえず》りだった。

「又六はお前《めえ》の弟だったのかえ」

「きざに賢そうな振りして人気絵師を気取りやがる奴とは、これ以上の話はせん。むしずが走るよってな」

「そうかえ……」

宗次は備前長船三郎四郎時宗を抜き放って、右下段に構えた。

すると正眼の構えだった又五郎の刀が、左下段へと移った。

（凄い……弟又六よりも遥かに）と宗次は思った。髪の毛一本ほどのスキもない、見事に決まっている又五郎の下段の構えだった。

その構えを見ただけで、宗次は、江戸では全く名を聞かぬ上方の神伝一刀流が本格的剣法であることを悟らされた。

対峙しながら二人が、ジリッと間《ま》を詰めていく。

切っ先と切っ先が、あと四、五寸で触れ合う程になったとき、二人の動きは止まった。

いや、止まったのは足だけで、又五郎は腰を沈めつつ刃を月浮かぶ天に向けて逆正眼の構えとなった。

その切っ先の高さは、ほとんど真っ直ぐに立っている宗次のちょうど胃《い》の腑《ふ》の高さだった。

「貰った」

低く叫ぶなり又五郎の逆正眼が、空《くう》を抉《えぐ》るようにひと捻《ひね》りしざま、宗次の胃の腑に向かって飛び込んだ。

読み切れなかった宗次は飛び退がりながら、又五郎の直進剣を備前長船で横に打ち払おうとしたが、なんと又五郎剣は下から上へと備前長船を弾き返した。

それでも宗次は間《ま》を置かず閃光《せんこう》のように、又五郎の眉間へ打ち下ろす。

が、それも弾き返され、又五郎剣が返し業から宗次の胸の前で右から左へと横に走った。

宗次が、また退がって、双方の切っ先が元の四、五寸の間を空けた。

どちらも、息一つ乱していない。

だが……。

宗次の着ているものが胃の腑のあたりで、ハラリと上下に裂け口を開いた。

続いて……。

宗次の左の頰に細く赤い筋が走り、ゆっくりと小さな血玉が滲み出した。

月明りの中、それは当たり前の血の色とは比較にならぬほど、墨色《すみいろ》に迫る濃すぎた朱色だった。

また又五郎が宗次にぶつかっていった。今度は無言だった。

またしても胃の腑を狙い、が、さすがに宗次に対して同じ業は通じず、勢い強く弾き返された。

思わず又五郎がよろめく。

そこを逃さず備前長船が、面、面、と二連打。空気が切り裂かれて鋭く泣いた。

又五郎剣がそれを受けた、また受けた。そして今にも倒れんばかりに大きく前へよろめく。

踏み込んだ宗次がその又五郎の頭上へ、激烈な一打を打ち下ろした。

と、その瞬間、よろめいていた又五郎の唇がニッと笑った。

確かに笑った。

「むっ」

と、宗次の表情が月下に歪み、同時に備前長船が宗次の手を離れ、高高と宙に舞った。

宗次が飛燕《ひえん》の如く一間半ばかりを飛び退がり、ガクンと片膝ついた。

宙に舞った備前長船が二人の間に落下し、切っ先深く地面に突き刺さった。

又五郎はいつの間に抜き放ったのか、小刀を左手に持ち大小二刀八双《はっそう》の構えをしていた。口元に笑みを浮かべている。

宗次の着物は膝のあたりで、横に切り裂かれていた。

鋭い痛みが、膝から上へと稲妻を浴びたかのように走っていた。

これ迄に幾多の修羅場《しゅらば》を潜り抜けてきた宗次は、その痛みの具合によって、受けた傷の程度を推し量《はか》れた。

宗次は立ち上がると、目の前二間《けん》半ほどの地面に突き刺さっている備前長船を見、そして又五郎と目を合わせた。

「終りやな……怖いか」

「怖い」

「ほう、正直や」

「その通り、正直者じゃ」

「弟の仇《かたき》、討たせて貰うぞ」

「討て」

「怖いやろ、な、怖いやろ」

「怖い」

「地面に突き刺さってる刀、ほしいか……ほしいやろなあ」

「ほしい……が、お前の方に近いな」

「死にさらせ」

ふざけたような対話を打ち切って、又五郎が地を蹴った。

宗次も又五郎に向かっていた。右足から大きく前へ踏み出し、したがって体
高低く右手は小刀の柄にかかっている。

双方の頭が激突したかと見紛う壮烈な正面衝突だった。

ガンッギンッバンバンッと又五郎の大小刀と宗次の小刀が、月下に無数の青白い火花を散らして打ち合った。

お互い目にもとまらぬ速さ。

又五郎の大小刀が面胴面胴面胴と攻める。憤怒《ふんぬ》を迸《ほとばし》らせた〝剛〟の攻めだった。猛烈だった。

宗次が右へ舞い左へ揺れ後方へ退がって、又五郎剣を小刀であざやかに鍔《つば》受けする。

備前長船三郎四郎時宗が、又五郎の背後の位置となった。

「おのれっ」と、又五郎もいったん一、二歩退がって、片手攻めとなる二刀は不利と読んだのか、小刀を鞘に納めた。

その僅かな間《ま》を見逃す筈のない宗次だった。今度は左足から前方へ大きく踏み出し、まるで滑るように又五郎に迫ると見せた。

又五郎が瞬時に、大刀を右肩へ垂直に引き寄せる。

肉迫した宗次の頭を、真っ二つに叩き割る胆《はら》だ。

と、ブンッと夜気を唸らせて、宗次の手から飛ぶものがあった。

小刀だ。

それが又五郎の腹を狙って低目に一直線に飛んだ。

当然、又五郎の視線が一瞬だが、宗次から飛来する小刀へ移った。

刹那《せつな》、宗次の膝が屈伸《くっしん》し、爪先が地を蹴った。

宗次の体が満月を背負って、高高と舞い上がる。

又五郎が見上げ、しかし彼の大刀は直ぐそこへ迫った宗次の小刀を叩いた。

宗次が又五郎の頭上を越えた。

「き、貴様っ」と振りかえりざま又五郎が悪鬼の形相《ぎょうそう》凄まじく大刀を大上段に振りかぶる。

着地した宗次の手が地に突き刺さっている備前長船の柄に伸びた。

「やっ」

気合もろとも又五郎が宗次を袈裟斬りにした。

備前長船が下から上へ半円を描いてガチンと双方の鋼が鳴り合い、ぐいと右足を踏み出した宗次の手先で名刀が月光を浴び煌《きらめ》きながら横に走った。

肉を裂く鈍い音。

「おおおっ」

くわっと両目を見開いて宗次を睨みつける又五郎が、倒れまいと大刀を地に突き刺し仁王立《におうだ》ちに体を預けた。

懐紙で刃を清められた備前長船が鞘に戻り、微かにパチッと鍔が音立てる。

何処かで夜烏《よがらす》が啼き、宗次は又五郎に近付いてその足元に落ちている己《おの》が小刀を拾い上げた。

「お……の……れ……」

刀の柄から片手を離して宗次の肩を摑もうと、その手がぶるぶると激しく震える。

「京、大坂へ行かねばならねえな」

そう言い残して宗次は又五郎から離れた。

又五郎の体が、刀に縋《すが》りながらゆっくりと崩れていく。

宗次が負ける筈がない、と絶対の確信があったのか、幸が自分の部屋の前、広縁に正座をして待っていた。

「お前様……あ……血が」

「大丈夫だ。それよりも口の固い店の誰かを、春日町の平造親分まで、そっと走らせてくんねえ。すぐに来てほしいと」

「はい」

「そっとな。客に気付かれねえように」

「お客様のほとんどは、もう御開きになりましたゆえ」

「そうかえ。とにかく急いでくんねえ」

「わかりました」と頷いて、幸はそれでも宗次の傷が心配そうに、母屋へ消えていった。

宗次は満月を仰いだ。

「この騒ぎ……ここで、終らせるか、それとも……やはり京、大坂を訪ねるべきか」

幕府権力がどうなろうと知ったこっちゃねえが、と思いながら呟いた宗次は、一度月になって夜空に浮かんでみてえ、と思った。

それが出来りゃあ、世の中隅隅の嘘《うそ》や真《まこと》がよっく見えるだろうに、と。

夢《ゆめ》と知《し》りせば〈一〉

一

この日、目に眩《まぶ》しい程の晴天で、空には浮雲の一つも無かった。

幕府小納戸《こなんど》衆の職に在《あ》って六百石を食《は》む**鷹野**《たかの》家は、五日前から緊張の底に置かれていた。

若年寄支配下にある小納戸衆は、将軍に近侍《きんじ》する『名誉ある高級雑事《ざつじ》係』と称され、その御役目は広い範囲にわたる。〝雑事〟と表わされてはいるが、いわゆる一般で言われているところの雑用などではない。ここで用いられている〝雑〟は〝広く且《か》つ重要な範囲〟を意味するものである。幕府権力者たちの進献披露《しんけんひろう》の御役目を担《にな》ったり、将軍の日常生活そのものを補佐申し上げたり、忍《しのび》を監理したり時には自ら忍《しのび》になったり、とその職務分掌《ぶんしょう》は両の手指だけでは数え切れない。

鷹野家の当主**九郎龍之進**《くろうたつのしん》(三十四歳)はその中にあって、小納戸頭取《とうどり》山本十郎《やまもとじゅうろう》正直《まさなお》の信用厚い側近として、御三家登城の際の**御身辺お窺**《うかが》**い役**という大事な御役目に就《つ》いていた。御身辺お窺い役とはつまり、身辺警護役であったが、『徳川《とくがわ》将軍家のお城』ではそのような表現は許されなかった。江戸城中では刃《にん》傷《じょう》・暗殺事件などは、絶対にあってはならないのである。それが**当然の理《ことわり》**であった。

「えいっ」

鷹野家の奥庭から、鋭い気合が聞こえてきた。そして幾人かの拍手。

その奥庭は、式台付玄関の左手へ回るかたちで、屋敷の壁沿いに走る細く長い四盤敷《しはんじき》を進むと、日当たりのよい南向きの書院と向き合っている。黄金色《こがねいろ》の花を咲かせる山吹《やまぶき》が、庭の三方を囲っており、それはそれは見事な美しさであった。日差し全く無くとも、その黄金色の花のかがやきだけで奥庭の隅隅までが明るくなるような。

その庭の中央に今、五本の巻藁棒《まきわらぼう》が立っており、三本が切り倒され、二本が残っていた。

太い青竹を藁《わら》で厚く幾重《いくえ》にも覆《おお》い、その外側を麻縄でぐるぐる巻《まき》にしたものだ。

残った二本の巻藁棒の間に今、鷹野家の当主**九郎龍之進**が真刀を手に立っていた。

書院の広縁では十幾人が座して、九郎龍之進の次の動きを見守っている。その中にひとり、白髪《しらが》が美しく調《ととの》った、若い頃はさぞやと思われる女性が、その他の者に護《まも》られるようにして中央に座していた。

九郎龍之進の生みの母、美咲《みさき》であった。つまり今は亡き先代当主の奥方である。古田織部流《ふるたおりべりゅう》の茶人でもある九郎龍之進が二本の巻藁棒の間に立って、構えに入った。

広縁で見守る人人の表情は、真剣だった。固唾《かたず》を呑《の》む、という表現があるが、まさにそれだった。実は明明後日《しあさって》の午後、**中小の旗本家が中心**となって催される、**旗本家武徳会**《ぶとくかい》と称する二年に一度の剣術大会の決勝戦があるのだった。

前回、前前回と決勝戦に勝ち残り、立派な拵《こしら》えの『戦勝旗《せんしょうき》』という名の**白虎**《びゃっこ》**の旗**を手にしたのは九郎龍之進だった。二十本の吹流しが付いているこの旗には銀糸《ぎんし》で咆哮《ほうこう》する白虎《びゃっこ》が刺繡《ししゅう》されているのであったが、これは徳川幕府を開いた神君家康《しんくんいえやす》公(徳川家康)が虎年《とらどし》(寅年)生まれであることに因《ちな》んだものだった。むろん、**旗本家武徳会**の事務方は白虎刺繡について、御公儀の事前の許諾《きょだく》を得ている。

構えに入った九郎龍之進の腰が、静かにゆっくりと沈み、愛刀**備前吉岡一文字**《びぜんよしおかいちもんじ》が右肩端に峰《みね》を触れて静止した。

そして、そのまま動かない。

見守る人人は皆、呼吸を止めていた。九郎龍之進が一瞬の内に小野派一刀流《おのはいっとうりゅう》『水返し《みずがえし》』の業《わざ》を披露しようというのだ。彼は修行を重ねてきたその業で、決勝戦の相手を倒そうと考えていた。

旗本家武徳会に対しては、大身《たいしん》旗本家は殆《ほとん》ど関心を抱いていない。中小の旗本家が中心となった私的懇親会の性格が強いからだ。〝**白虎旗**《びゃっこき》〟を許諾した御公儀も、特段の支援はしていなかった。

それでもこの戦勝旗を、中小旗本家は欲《ほっ》した。なにしろ旗に銀糸で刺繍されている白虎《とら》は彼らにとって神君家康公そのものなのである。

しかし、二十本の吹流しが付いているこの戦勝旗は贈呈方式を取ってはいない。当該大会に勝利した旗本家に次回大会まで自邸で大事に預託させるのだ。預託の細則は大変厳しく、絶対に汚したり傷つけたりしてはならなかった。預託細則に抵触《ていしょく》するような事があれば、**旗本家武徳会**から除名される。

この戦勝旗の吹流しには、開催年度、開催回数、勝利者の姓名などが金糸《きんし》で刺繍されており、これが中小旗本家の憧れの的になっていた。

合戦なき平和な**のほほん時代**が長く続き、朝廷も、公卿《くぎょう》も、幕僚幕臣も、大名家の家臣も、**『危機感』**とか**『万が一』**を忘れた、怠惰《たいだ》な生活に浸《ひた》り切っている。

旗本家武徳会は、そういった**のほほん生活**から少しでも脱したいとする、中小旗本家の足掻《あが》き、と見れなくもない。

九郎龍之進の左足が、ほんの少しジリッと下がった。二本の巻藁棒は彼の左右体側《たいそく》から二尺半ほどしか離れていない。

広縁で見守る者たちは、次に訪れる電撃的な主人《あるじ》の刀法に、心の臓の動きさえも忘れていた。

瞬間。

九郎龍之進の目がキラリと光った。

「つえいっ」

闇の中を貫くような冷たく鋭い気合が、九郎龍之進の口から迸《ほとばし》った。

日差しを浴びた備前吉岡一文字が翻《ひるがえ》って、二つの弧《こ》が宙に虹《にじ》を描く。

が、それは一瞬のことだった。

家臣たちが失望の色を目立たぬようそっと面《おもて》に浮かべたとき、二つの弧を描いた虹と覚しき閃光《せんこう》は消えていた。主人《あるじ》の吉岡一文字は、いつの間にか鞘《さや》に納まっている。

九郎龍之進は、広縁に座する母美咲の方へ、軽く頭を下げた。

その我が子に対して、美咲はひとり静かに小さな拍手を送って美しく微笑《ほほえ》んだ。

その意味が判《わか》らぬ家臣たちの面に、戸惑いが漂う。

屋敷内道場で、刀法の修練を重ねる主人《あるじ》を見ることが出来るのは、いかなる場合であっても母美咲ひとりだけであった。剣にのめり込めばのめり込むほど、その剣士の刀法の秘密性は高まる。自分だけの業《わざ》なのだ。

巻藁棒の間から動く様子のない九郎龍之進が、広縁の家臣たちを端から端まで見まわして苦笑すると、吉岡一文字へ再び手を運んだ。

パキンともカチンとも聞き取れる短く鋭い音が、家臣たちの耳に届いた。

鍔《つば》と鯉口《こいくち》（正確には切羽《せっぱ》）がぶつかり合って鳴ったのだ。

これを金打《きんちょう》といって、本来は武士の間での約束ごとに用いられたが、江戸期では殆ど廃《すた》れた。

と、その音が合図ででもあったかのように、二本の巻藁棒がそれぞれ、二か所で切断されて地に落下した。

おお……と見守る家臣たちの間に、拍手を忘れたどよめきが生じた。

「見事でした、龍之進殿」

母美咲はそう言って立ち上がると、踏み石の上に揃《そろ》えられた真っ白な拵《こしら》えの草履《ぞうり》をはいて庭に下り、愛する我が息《そく》に歩み寄った。

広縁に座する家臣たちは、身じろぎひとつしない。

龍之進の前に佇《たたず》み、美咲は目を細めて龍之進に語りかけた。

綺麗《きれい》に澄《す》んだ、小声であった。

「父上がご存命ならば、龍之進殿の剣法の上達をどれほど喜ばれたことでしょう。天上の亡き父上に喜んでいただくためにも、明明後日《しあさって》の決勝戦は何としても勝たねばなりませぬ」

「大丈夫です母上。三回連続の勝利を飾って、『戦勝旗』の吹流しに、再び鷹野の家名を金糸の刺繍で入れてみせます」

「その意気じゃ。その精神力こそが父上から譲り受けたものです」

そう言った母の目が、ふっと翳《かげ》ったことに龍之進は気付かなかった。

美咲はその翳りを振り払うかのようにして言葉を続けながら、視線を左手の方角へと転じた。

「小納戸衆の中でも重要な御役目に就いている鷹野家の当主が立派な剣客《けんかく》であると言うのに、その奥方があれでは、いささか困りましたのう」

「母上、妻の**沙百合**《さゆり》は気立てが優し過ぎるのです。それゆえ母上……」

「判っております。いつも申しておるように、其方《そなた》にとって大切な妻を、この母が疎《おろそ》かにする筈《はず》がありませぬ。安心しなされ」

美咲は言い終えてにっこりとすると、左手の方角へ向けたままの視線に従うようにして、龍之進から離れて四盤敷の上を歩き出した。

四盤敷は青竹の植え込みに続いていた。竹林という表現には当たらない、ほんの三、四十本ばかりの植え込みだった。

その色艶《いろつや》美しい青竹の植え込みの向こう側に、鷹野家が『剣草庵《けんそうあん》』と称している茶室があった。

草庵《そうあん》とは改めて述べるまでもなく、文字通り草であみ拵えた草葺《くさぶき》屋根の質素な庵《いおり》を指している。

現在の茶道《さどう》界で欠かすことのできぬ秀《すぐ》れた茶道伝書となっている『南方録《なんぽうろく》』からは、草庵を茶屋（茶室）としたのは、千利休《せんのりきゅう》が最初とわかる。この書の基本は利休に近侍したと伝えられる堺《さかい》の南宗寺《なんしゅうじ》住職**南坊宗啓**《なんぼうそうけい》（生没年不詳）があらわした秘伝書らしく、十五世紀後期に入って黒田《くろだ》藩立花実山《たちばなじつざん》によってその内容が精緻《せいち》に調えられたとされている。

鷹野家の質素な茶室『剣草庵』には、青竹の植え込みを眺めるかたちで片流れ屋根（土庇《どびさし》または出庇《でびさし》とも）の下に**割腰掛**《わりこしかけ》が設《しつら》えてある。

割腰掛とは**古田織部**《ふるたおりべ》流の茶道で窺えるもので、要するに腰掛待合のことだ。

その割腰掛に今、小野派一刀流の剣客であり、古田織部流の茶人でもある九郎龍之進の妻**沙百合**と、嫡男《ちゃくなん》**龍三郎**《りゅうざぶろう》（十一歳）、次男**龍次郎**《りゅうじろう》（九歳）の三人が姿勢正しく座っていたのだが、美咲が青竹の植え込みに入ったと知り、三人揃って腰を上げた。

　沙百合は、青竹の植え込みを潜ってこちらへと向かってくる美咲を、本当に美しい義母《はは》だと、改めて見とれた。若い頃の義母《はは》に幾多の男性《おとこ》が近付いたに相《そう》違《い》ない、と折りに触れて想像したりするのだが、義母《はは》の生き方の様子などからは微塵《みじん》も若い頃の〝男物語《おとこものがたり》〟などは感じ取れなかった。

「いま終わりましたよ沙百合殿。青竹の間からでも夫の頼もしさはよく見えましたでしょう」

　美咲はにこやかに我が息の妻と孫の前に立って、言葉は沙百合に向け、やさしい眼差《まなざし》で二人の孫を見比べた。

「義母上《ははうえ》と並んで座り、夫の剣の舞《まい》を見届けることが出来ぬ自分の心の弱さを、本当に申し訳なく思います。どうかお許し下さい義母上《ははうえ》」

「あなたが鷹野家に嫁《とつ》いで来たときから、白刃《しらは》に対する異常な程の心の弱さについては承知していたのですから、それを負担に思うことなどありません。白《しら》刃《は》などというものは、誰にとっても気味のいいものではありませぬゆえ」

「義母上《ははうえ》にそう言って戴くと、気持が安まります。いつもお優しくして下さり私《わたくし》は本当に幸せでございます」

「合戦が無くなって平和が続いている今のこの世で、真剣を手にして闘う勇気のある侍がどれほどいましょうか。今の男は女より駄目かも知れませぬ。あなたは龍之進の立派な妻であり二人の子の素晴らしい母じゃ。自信を持ちなされ」

「義母上《ははうえ》……」

うなだれた沙百合の目が、思わず潤んだ。

「さ、龍三郎、龍次郎。父上の傍《そば》へ参りましょう。見ていた感想をそのまま正直に、父上にお伝えしなされ」

「はい。お祖母様《ばばさま》……」

頷《うなず》いた二人の孫が、美咲と沙百合の傍を離れて青竹の植え込みの方へ元気に駆けて行くのを、美咲は遠い昔の事でも思い浮かべるようなたおやかな表情で見送った。

その端整に老いた義母の横顔を、チラリと眺めて沙百合は切り出した。

「それに致しましても義母様《おかあさま》……」

「え？……」

二人の孫の背を追っていた美咲の視線が、嫁の方へ移った。

「茶人でもある夫の頼もしい剣の腕前が、私《わたくし》には不思議に思えてなりませぬ。確かに夫は小野派一刀流道場へ通って修行なされました。なれど、お忙しい御役目に就いていらっしゃいますゆえ、心魂を傾けたる激しい修行に没頭……とは私《わたくし》には見えてはおりませぬ。にもかかわらず夫の剣の腕はぐんぐん強くなられるばかりで……」

「おや。夫が頼もしくなってゆくのが、沙百合殿はご不満ですか」

美咲は嫁に〝殿〟を付すことを忘れない。嫁のやさしく静かな気性が気に入っていることもあるが、沙百合の生家がほぼ同格の旗本家五六〇石であることへの配慮でもあった。御役目は文官である表御祐筆《ごゆうひつ》組頭だ。

「いいえ義母《おかあ》様。今も申し上げましたように、茶人である夫の剣の強さが、不思議でならないのでございます」

「世の中には、不思議なことは山とあるものです。龍之進の古田織部流の茶道を極めた能力も、小野派一刀流の剣の強さも、それはそれは不思議な神から授かったものと思いなされ」

「それはそれは不思議な神から？……」

「そう、神から。夫殿の傍《そば》へ行ってあげなされ。明明後日《しあさって》の試合に勝つよう妻として声を掛けてあげねばなりませぬ。ご覧なさい。我が子二人に声を掛けられている夫殿の笑顔が、こちらに向けられておりますよ。さ……」

「はい、義母様《おかあ》、それでは……」

沙百合は美咲に向かって丁寧《ていねい》に頭を下げると、青竹の植え込みへと向かった。

美咲は割腰掛にそっと腰を下ろすと、青竹の枝葉の間からこぼれ落ちる木洩《こも》れ日の中で、目を閉じた。

（あなた……龍之進が明明後日《しあさって》、いよいよ白虎《びやっこ》の旗《はた》を賭けて闘います。あなたの子ですもの。きっと勝ちます）

美咲は胸の内で確《しつか》りと呟《つぶや》いた。悲しく切ない呟きだとも思った。

「お祖母様《ばば》……」

二人の孫が元気な声を張り上げ、笑顔で戻ってきた。

「おやまあ落ち着きなされ。どうしたのじゃ」

美咲はそう応じながら、青竹の植え込みの向こうを見た。

龍之進と沙百合がにこやかに此方《こちら》を見ていた。

「父上が書院で古田織部をと申しております。『開花堂《かいかどう》』の梅桜《うめざくら》（梅と桜の香りがする銘菓《めいか》）が食せます」

「これこれ茶道というものは……」

美咲がそこまで言うか言わぬ内に、二人は元気いっぱいに両親の許《もと》へ駆け戻っていった。

その一瞬に、美咲は体の隅隅へと広がってゆく温かな幸せを感じた。

（あなた……この幸せはあなたのお蔭《かげ》でございます）

美咲は声とせぬ呟きを割腰掛に残すと、ゆっくりと立ち上がった。

二

翌朝。

すがすがしい青空の下を、美咲は龍之進に声を掛け母子二人だけで屋敷を出た。

「何処《どこ》へ連れて行って下さるのですか母上……なんだか今朝の母上の表情。とても輝いていらっしゃいますよ」

「私《わたくし》にとっても龍之進にとっても大切な場所に参るのです。其方《そなた》の名、**龍之進**にとっても大切な所なのですよ」

「私の名、**龍之進**にとっても大切な所？……はて、見当もつきませぬ。私の名は亡き父上が付けて下されたのではありませぬのか母上」

「いいえ。龍之進の名は、私《わたくし》が譲らなかったのです。亡き父上は、忠之介《ただのすけ》を主張なされたのですけれども……」

「そうだったのですか。はじめて知りました。私は亡き父上が付けて下されたものとばかり思うておりました」

「龍之進の名の通り、其方《そなた》は実に逞《たくま》しい鷹野家の当主になってくれました。天に向かって上《のぼ》る竜神の如《ごと》く……明後日の試合、其方《そなた》は必ず**白虎の旗**を守り抜きましょう」

「なれど母上。剣術の試合というのは、実力が七分運が三分と申す長老も少なくありませせぬゆえ」

「ならば其方《そなた》が、剣の試合というのは実力が全てであることを、長老の諸先生がたに見せてあげなされ」

「ははは っ。そう言えば前回の試合の時も、前前回の試合の時も、母上は強気でいらっしゃいました」

「我が息《こ》の力を信じておればこそじゃ。それに其方《そなた》の体には竜神剣《りゅうじんけん》の血すじが確りと受け継がれております。今回も其方《そなた》が勝ちましょう」

「竜神剣の血すじ？……なれど母上、亡き父上は文官としては秀《すぐ》れていらっしゃいましたが、剣術はどちらかと言えば苦手でした」

「なにも亡き父上の血すじ云云《うんぬん》を申しているのではありませぬ。鷹野九郎龍之進の体内には天より授かりし類《たぐ》い希《まれ》な剣の能力が備わっておるのじゃ。そう信じなされ」

「あ、は、はい母上。そう信じます」

「ふふふっ……」

「母上は、あの、私とこうして散策いたしておりますと、いつも明るく楽しそうですな」

「これ、母をからかうものではありませぬ。愛する我が息《こ》と散策して楽しくない母親が何処《どこ》におりましょう」

前を向いたまま穏やかな口調で言った美咲の眼差《まなざし》が、何かを思い出したかのように一瞬遠くなった。しかし肩を並べて歩く母親想いの龍之進は、全くそれに気付かない。

母と息《こ》は日差《ひざ》しあふれる清流**大堰川**《おおいがわ》のほとりに沿った人の往き来で賑《にぎ》わう通りを、ゆったりとした足取りで進んだ。一体何処へ行こうというのか。

「おや、これは、お出掛けでいらっしゃいますか」

直《す》ぐ先の辻《つじ》から賑やかな表通りへと出てきた天秤棒《てんびんぼう》を担いだ魚屋が、美咲と龍之進に気付いて、にこやかに足を止め天秤棒を休めた。元気そうな老爺《ろうや》だ。

美咲と龍之進も笑みを見せて近寄っていった。

「これはよいところで出会いましたな甚助《じんすけ》。頼みの魚《もの》がありましたのじゃ」

「御屋敷の方へこれから立ち寄るところでござんした。今日は私からお届け致したいものがございやして」

「届けたいもの？」

「へい……」
と頷いてから老爺甚助は、声を落とした。
「明後日はいよいよ若様……おっと、御殿様《おとのさま》の剣術の決勝戦でござんすから
ね。これを……」
と、そこで言葉を切った老爺甚助は、丸い桶《おけ》にかぶせてある清潔そうな白木
の蓋《ふた》を取った。
一尺五寸はありそうな見事な鯛《たい》が二尾《び》、まだ鰓《えら》をピクピクさせて横たわって
いた。新鮮だ（参考。生きている鯛は普通匹で数え、釣果《ちようか》や水揚げの鯛は尾《び》で数える）。
「まあ、立派な鯛だこと。さすが『魚清《うおせい》』じゃな甚助」
「へい。有り難うごぜえやす大奥様。これを今から御屋敷の膳部方《ぜんぶかた》へ届けよう
と思っていたところでして……」
「おや、そうでしたか。では甚助、御代を……」
「冗談を仰《おつしや》いましてはいけやせん大奥様。子供の頃から存じあげている御殿
様の大事な剣術試合が迫っているのでございやす。『魚清』の鯛を食べて貰《もら》わ
ねえことには、御天道様《おてんとう》に申し訳が立ちやせん、へい」

「あらあら……ふふっ、変わりませんね甚助の龍之進贔屓《びいき》は……」

「そりゃあ、幼い頃はおんぶをさせて戴いたこともございやすから……おっと、こうしちゃあおられやせん。鯛《こいつ》の鮮度が落ちてしまいやす。そいじゃあ御殿様、大奥様、これで失礼させて戴きやす。ごめんなさいやして」

老爺甚助は小慌《こあわ》てに桶に蓋をかぶせると、年寄りとは思えぬ早足でたちまち美咲と龍之進から離れていった。

母と息《こ》も肩を並べて歩き出した。

「変わりませぬなあ母上。甚助の商《あきな》い熱心は……」

「子供の頃に蜆《しじみ》売《う》りから始め、苦労して苦労して一代で江戸一の魚卸し商を築き上げたのです。貧しかった天秤棒時代を支えてくれた御得意先まわりは、おそらく甚助の命が尽きるまで続きましょう」

「立派な倅《せがれ》たちが後継者となり五艘《そう》もの魚船《うおぶね》を持つまでになって、漸《ようや》く隠居《いんきょ》の立場になったというのに、楽《らく》を選ばない年寄りですなあ」

「甚助はのう。子供の頃に重い重い蜆籠《しじみかご》を担いで素足で売り歩いて得た、一枚一文《もん》の銭《ぜに》の有難さ尊さを今も胸深くで大事にしているのじゃ。俺《おれ》は偉《えら》い、私《わたくし》は気高い、などと傲慢《ごうまん》に勘違いを致しておる武家や公卿の殆どは金貨、銀貨しか知らぬ。狭い裏長屋に住む貧しい庶民の生活にとっては一枚一分《ぶ》の銭は命なのじゃ。この理屈は、ろくな働きもせず国庫から（幕府の金蔵から）恵まれたお金を厚かましく頂戴して〝当たり前顔〟で使っている者には、到底理解できまいのう」

「は、はあ……」

「これ龍之進。其方《そなた》も私《わたくし》も甚助から多くを学ばなければならぬ身であることを、決して忘れてはなるまいぞ」

「そうですね。母上の仰る通りです。〝当たり前顔〟に陥《おちい》らぬよう、肝《きも》に銘《めい》じます」

「ほれ龍之進、その先の橋を渡りましょう」

「はい」

母と息《こ》は清流大堰川《おおいがわ》に架かった『梅橋《うめばし》』に近付いていった。橋上で人と人が漸く擦《す》れ違える程度の幅狭い木橋を渡って直ぐ右手に、古くから梅林があることから『梅橋』と名付けられているようだった。早春、満開となった花は馥郁《ふくいく》たる香りを漂わせるが、実をつけない梅だ。

母と息《こ》は、向こうから『梅橋』を渡ってきた大店《おおだな》の隠居らしい老夫婦が丁寧に腰を折って目の前を行き過ぎるのを待って、橋を渡り出した。

「ご覧なされ龍之進。清流を泳ぐ魚の群《む》れがよく見えます」

橋の中程で歩みをふっと止めた美咲が、目の下の流れを指差した。息子と連れ立って歩くのが楽しそうであった。

「あ、本当ですね。この辺りは流れが綺麗だから鯎《うぐい》でしょうか」

「さ、参りましょう」

母と息は『梅橋』を渡り切った。

そのまま美咲が梅林へ入って行こうとすると、龍之進の歩みが止まった。その視線は左手斜めの方角へ向けられていた。そうと気付いた美咲が梅林の手前で振り向いた。

「如何《いかが》致しましたか龍之進」

「母上、あの左手の彼方《かなた》に見えている高台ですが、確か彼処《あそこ》には**戦勝**《せんしよう》**神社**と
かがございましたな。私はまだ一度も訪ねたことはありませぬが」

「そのようですね。この母も訪ねたことはありませぬが……さ、ついて来なされ龍之進。直ぐ其処《そこ》じゃ」

美咲はさらりと言い付けて、目の前の梅林に入っていった。

龍之進はほんの暫《しばら》く母の背中を見送って、首を小さく振ってみせた。

彼は屋敷を出た時から感じ取っていた。母の目が若い娘のようにキラキラと輝いているのを。

龍之進にとっては、自慢の母であった。おそらく娘時代はたいへんに美しかったのであろう、と思ったりしてきた。その母の目が今日ほどキラキラと輝いているのを、龍之進は見たことがない。

「母上、これより何処へ参ろうとなさっておられるのですか」

「この母にとっても、其方《そなた》にとっても、とにかく大事な所へ参るのです」

「私にとってもとにかく大事な所……でございますか？」

「はい。今日まで其方《そなた》をいつ連れて来ようかと迷い続けてきた所、と思いなさい。それほど大事な場所です」

「たとえば剣術に関係あるとかの？」

「剣術……そうかも知れませぬね。さあ、ついて御出《おいで》なさい」

美咲は愛する息《そく》を従えて、燦燦《さんさん》と日が降り注ぐ明るい梅林に入っていった。

御公儀の手でよく手入れが行き届いている梅林であったから、此処《ここ》は老人たちの憩《いこ》いの場所となっていた。俳句を楽しむ人、孫たちと老いの日日を楽しんでいる人、お酒好きな老人たち、そういった人人があちらこちらで茣蓙《ござ》などを敷いて心地良さそうに日を浴びている。武士も町民も此処では共に老いた者同士ひとつだった。

そういった人人の間を縫うようにして、母と息《こ》は梅林の奥へと進んだ。

そろそろ桜の木が少なくなり出したな、と思われる辺りで地面が緩やかに下がって、綺麗に澄んだ小さな水溜《みずたま》りが点点と散らばっている場所に出た。それらの水溜りは、すっかり丸く穏やかな形状になったかなりの大きさの石に護られるようにして囲まれていた。自然の力、作用によって長い年月の間に研《と》ぎ磨《みが》かれたのであろうか。

「へええ……我が屋敷からそれほど遠く離れていない所に、これほど落ち着いた美しい場所があったとは……ご覧なさい母上。丸石に囲まれた水溜りの底から滾滾《こんこん》と清水《しみず》が湧き出ているではありませぬか」

「それらは清流**大堰川**の伏流水によるものではないか、と言われているそうですよ。母は若い頃、この界隈《かいわい》をよく散策したものです」

「亡き父上とですか？」

「え？……はい、もちろん」

控えめな笑みと共に、そう応じた美咲の言葉は昔を思い出してであろうか、少し曇っていた。

やがて母と息《こ》は大堰川の枝流かと思われる幅一尺とない澄んだせせらぎを渡り、見上げる程によく育った梅の巨木（剪定《せんてい》栽培をされていない梅は高さ十メートル余に達する）の脇を抜けると、白玉石を敷き詰めよく調えられた道に出て歩みを休めた。

「ご覧なさい龍之進。こちらに背を向けるかたちで建っている社《やしろ》が木立《こだち》ごしに見えましょう」

「ああ、あれ……さほど大きくはありませぬから若《も》しや稲荷《いなり》の社《やしろ》でしょうか」

「おや、よく判りましたね」

「ははっ。そうではないか、と思ったに過ぎませぬ母上」

「いいえ、其方《そなた》は幼い頃から何故《なぜ》か、正しい方角に向かって勘の鋭い子でした」

「そう言われると恐縮いたします」

「念のために確認しますが、あの社《やしろ》へは一度も訪ねたことはありませぬのですね」

「はい。登城への道とは大堰川を挟《はさ》んで反対側に位置するこの界隈へは、もともと余り立ち寄ることがありませぬゆえ」

「では心を引き締めてこの母のあとについて来なされ」

「あの社《やしろ》を訪ねるお積もりだったのですか」

「ええ……」

美咲は小さく頷くと、前《さき》に立って歩き出した。

二人はよく手入れがされて木洩れ日が無数に躍《おど》っている、明るい地蔵樺《じぞうかんば》の林へと入っていった。

「いい林ですね母上。気に入りました」

「地蔵樺の林ですよ。俗に徳川林とも呼ばれておりましてね。この界隈の商人組合の者たちが自発的に手入れを引き受けているそうです」

「徳川林……ですか」

「これから訪ねる社《やしろ》は、地蔵稲荷と申すのです。神君家康公は関ヶ原《せきがはら》の戦《いくさ》の際も、大坂《おおさか》冬・夏の陣の時もお参りなされたらしいですよ」

「なんと、神君家康公がですか……」

「それゆえ、社《やしろ》の直ぐ後背に迫っている地蔵樺《じぞうかんば》の林を徳川林と称するようになったのでしょう」

二人は、さして広くはない徳川林を抜けると、社《やしろ》を取り囲んでいる青艶美《あおつや》しい竹の植え込みをまわり込むかたちで、稲荷地蔵の社《やしろ》の前に立った。

「戦勝旗を今年も我が屋敷へ止《とど》め置《お》くことをお祈り致すのです。心を込めて……宜《よろ》しいですね」

「はい母上……」

龍之進は母に言われて素直に、社《やしろ》に向かって両手を合わせた。二礼（拝）二拍（手）一礼（拝）の作法にこだわらなかった。戦勝を祈ることもしなかった。心から尊敬する自慢の母の健康と長寿だけを祈った。明後日の〝決勝戦〟は勝つ自信があった。二回連続で〝白虎の旗〟を争うことになる好敵手の面貌《めんぼう》は屋敷を出た時から、脳裏《のうり》にチラチラ浮かんでは消えを繰り返している。

その人物の名は、信河和之丈高行《しながわかずのじょうたかゆき》。小普請組《こぶしんぐみ》旗本七百石信河家の三男で、赤坂富士見坂下《あかさかふじみざかした》にある無想流《むそうりゅう》兵法道場の高弟だった。

前回の決勝戦では、龍之進が余裕を持って和之丈高行に勝っている。

かなり長い合掌を解いて、龍之進は面《おもて》を上げた。

「え？……」

母がいつの間にか隣にいないと気付いて、龍之進は辺りを見まわした。

すると社《やしろ》の裏側から屋根や広縁——社《やしろ》を一周する——を眺め眺め、美咲があらわれた。龍之進は母の表情に、いつもにはないものを感じた。

「きちんとお祈りを致しましたか龍之進」

「はい。母上の健康と長寿、それに明後日の勝利についてお祈りしました」

眩しいほど明るい日差しの中で、美咲はこっくりと頷いた。

その瞬間であった。龍之進は小さな衝撃を受けた。

（涙？……）

彼は母の切れ長な二重《ふたえ》の目が、涙で潤んでいるのを見逃さなかった。

（なぜ？……）

と思ったが、彼はそれを母に問わなかった。問うべきではない、という気がしたのだ。

「母上は何を祈られましたか……このようなこと、お訊《たず》ねするのは非礼ですが」

「ええ、非礼ですね……ですが当然、あなたの明後日の勝利を、お父様にお願い致しました」

「亡き父上にですか。ですが父上は生前より剣術には余り関心がなく、文官として秀《すぐ》れたお方《かた》でしたから、天上にいらっしゃっても、明後日の私の試合を応援して下さるかどうか」

そう軽い冗談のつもりで言って苦笑した龍之進であったが、美咲の反応はなかった。

じっと社《やしろ》を見つめていた。遠い昔を思い出すかのような端整な横顔を龍之進に見せて。

彼は矢張《やは》り、母の目が潤んでいるように見えたことが、気になった。

「母上、久し振りに揃っての外出《そとで》ですから、何処ぞ品のいい甘味処《かんみどころ》でも訪ねませぬか」

「そうですね。そう致しましょう」

美咲は漸く微笑みを取り戻して、龍之進と目を合わせた。

龍之進は確信した。母上は社《やしろ》に向かって祈りながら、亡き父上のことを思い出して思わず目頭《めがしら》を熱くさせたに相違ない、と。

三

中小の旗本家を中心とする**旗本家武徳会**・剣術決勝戦の日がやってきた。

雲ひとつない快晴の日だった。

場所は平川町《ひらかわちょう》（平河町）の平川天神近くにある幕府御用地（空地↓のち馬場）を毎回借りている。

いま白い天幕を張り巡らした緊迫感漂う中に、二人の剣客旗本が木刀を手に対峙《たいじ》していた。

一方は小納戸衆六百石**鷹野家**の当主**九郎龍之進**。もう一方は小普請組七百石信河家三男で無想流兵法道場の高弟和之丈高行であった。

見守るは中小旗本家の面面および、事前の申請で覧《み》ることを認められた諸藩の剣客たちである。

既《すで》に三本勝負のうち、二本を終えていた。

龍之進の左手首、そして和之丈の左手の甲がいたいたしく紫色に腫《は》れあがっている。

共に一本を取って、今のところ互角の勝負なのだ。

前回は圧倒的な余裕で和之丈から三本を奪った龍之進だった。

（強くなっている。それも相当に……）

龍之進は正眼《せいがん》に身構えながら、落ち着いた気持で相手を見つめていたが、手首に受けた一打の痛みが増しつつあった。

相手も矢張り正眼の構え。

打撃された痛みは相手も同じ筈であった。和之丈の左手の甲が紫色に腫れあがっているのが、龍之進にははっきりと見えていた。渾身《こんしん》の力を込めて刀を捻《ひね》り回す瞬間、左手は重要な機能を発揮する。それが判っていたから龍之進は和之丈の左手の甲を痛打したのだった。

まさに狙い打ちであった。が、その転瞬、〝紙一重〟の差で和之丈の切っ先（木刀の）は龍之進の左肘《ひじ》に襲いかかっていた。

龍之進はひらりと飛び退《さ》がりざま、木刀の柄《つか》を肘まで引くかたちで防いだのであったが及ばなかった。

和之丈の切っ先は、激しい勢いで龍之進の左手首に届いていた。

激打《げきだ》であった。

「同時一本……」

審判役を依嘱《いしょく》された無外流《むがいりゅう》居合《いあい》兵道の長老**斎東《さいとう》忠《ちゅう》次郎《じろう》春信《はるのぶ》**は、寸陰を置かず手にしていた鉄扇を、真《ま》っ直《す》ぐ頭上に掲げた。

空気がヒュッと鋭く唸《うな》るほど、鉄扇による**瞬速《しゅんそく》**の判定であった。

この試合では「引き分け」の判定は**無い**。それが試合の規則だ。

固唾を呑んで見守っていた面面はどよめいたが、休息を与えられることなく向き合った二人に再び鎮《しず》まった。

和之丈が相手にジリッと詰め寄った。今日のこの日のために彼は腕力を鍛えに鍛えてきた。剣の業《わざ》に磨きをかけるよりも、ひたすら腕力の強化に努めてきた。振り回す剣の速さで相手を圧倒するためだった。相手の正確な打撃が自分の体に届くよりも〝先か〟あるいは〝同時に〟、相手を打撃する計算だった。

その鍛錬《たんれん》の成果が、先ほど相手の左手首に与えた激打にあらわれていると思った。狙ったのは相手の左肘だったが、さすがに狙い通りにはいかず、左手首を打っただけだったが、それでも大きな成果であると和之丈に、気持の余裕が生まれつつあった。

（さすがに前回、前前回の勝者だけあって、龍之進の動きの速さは抜きん出ている。この速さと互角に打ち合うには、反射神経の鈍《どん》・速《そく》がどうかにかかってくる。俺はそのために腕力を鍛えたのだ……）

だから自信を持て、と己《おの》れに無言の叱咤《しった》を加えた和之丈は、今度はすうっと足を大胆に滑らせて間を詰めた。相手を睨《ね》め付《つ》ける眦《まなじり》が吊《つ》り上がっていた。

が、龍之進は、下がらなかった。視線は相手の右手の肩を捉えていた。次に狙うはそこだった。

龍之進は正眼の構えを、静かに上段へともっていった。それは最も危険な構えの移動だった。剣を上段へと上げていくと、己《おの》れの〝両腕と切っ先を結ぶ線〟によって寸陰、相手が見えなくなる。

（今だ……）

和之丈は矢張りその瞬間を捉え一気に踏み出そうと、胸の内で気合を放った。けれども……その声なき気合を捉えてか、それとも最初から計算されていたことなのか、龍之進の右足がザザザアッと地面を大きく鳴らして下がりつつ、腰の高さが一尺余沈んで力強い見事な上段の構え――秘伝・**沈み上段**――それも激打《げきだ》に突入する寸前を思わせる美しい構えを描いた。

今まさに獲物に襲い掛からんとしていた剛腕和之丈は、あッと声にならぬ叫びを発し小慌《こあわ》てに陥《おちい》るや、飛燕《ひえん》の如《ごと》く退がった。しかも足元を乱して、僅《わず》かによろめく。

龍之進の足が地を蹴った。蹴り跳ねられた幾つもの小石が高高と宙に躍る強い蹴りだった。

「面《め》～ん」

龍之進は咆哮した。初太刀《しょだち》だけは声高く放つ、それが龍之進の相手に対する礼法であり業《わざ》でもあった。

その初太刀を和之丈は剛腕でもって弾き返した。

弾かれた攻者《こうしや》龍之進の木刀が、受者《じゆしや》和之丈の頭上で翻るや、唸りを発して彼の左肩に襲い掛かる。

（ぬん、ぬん、ぬん……）

無言の気合で目を血走らせた龍之進の剣（木刀）が、相手の肩を連打。

和之丈が受けて下がった。また受けて下がり少しよろめく。

その凄まじい攻防に、見守る面面がどよめき、審判役長老の老顔がひきつった。

四打目を必死で受けて下がった和之丈が「やあっ」と声を振り絞るや、頰《ほお》を膨らませ両《りよう》の眼《まなこ》をくわっと見開いた。攻者龍之進への威嚇《いかく》だ。全身をぶるぶると震わせている。

傷ついた獅子《しし》が命を賭《と》して反撃に転じる様《さま》、見守る誰もがそう思った。

龍之進は静かに、だが素早く四、五歩を下がると、左足を深く引いて腰を沈め、その腰の左手後方へ切っ先（木刀の）をすうっと移動させた。

龍之進が**刃隠し**《やいばかく》と称している、居合抜刀《いあいばっとう》の構えだった。

ただ、この試合は木刀を用いているため腰に鞘を帯びていない。**刃隠し**は、鞘が無いゆえの刀法だ。

龍之進は、やるつもりなのだ。小野派一刀流の秘伝業《ひでんわざ》『**水返し**《みずがえし》』を。

本来ならば、右肩端に**真剣**の峰を触れつつ腰を沈めて身構える業《わざ》である。

だが、武徳会の試合では、木刀を用いている。

刃隠しは、真剣、木刀どちらでも応用できるよう、龍之進が編み出した刀法であった。

しかし彼は、これまでの武徳会の試合で『水返し』を使ったことがない。

まばたきをするかしない内に、相手に対し**袈裟斬り**《けさぎり》渾身の二連打を放ち、しかも**寸止め**で抑える必要があった。この試合で**実打**が認められているのは、両腕の肘から下だけだ。

若《も》し『水返し』で相手の上半身を**実打**すれば、木刀とは言え、皮肉は裂け飛び骨は砕け散って命を危うくする。

龍之進は、相手の胸の中央に視線を集中させていた。

彼の脳裏では、強烈な『水返し』の二連打で相手を倒した自分の姿が、すでに鮮明に浮き上がっていた。

一方の和之丈は、胸中で（稲妻打ち、稲妻打ち……）と念誦《ねんじゅ》の如く繰り返していた。

だが和之丈の剣法流儀にそのような名の業《わざ》は存在していなかった。鍛えに鍛えた腕力で目にも止まらぬ稲妻のような激打——つまり稲妻打ち——を相手に放つ……そう念じているのだった。

自信はあった。自分なりの計算もあった。どのようなかたちの勝利を摑《つか》めばよいのかも真剣に考え続けてきた。

「来い……」

龍之進が誘いをかけ、切っ先をチラリと左右に振った。

和之丈はムッとなった。下位に見られていると思った。が、感情を沸騰《ふっとう》させることだけは懸命に押さえた。何が何でも勝つことが目的なのだ、と己れに言って聞かせた。この試合で相手を**倒しさえすれば**、次の回、次の次の回は俺のものだという確信があった。

とにかく相手を倒さねば、と思いつつ和之丈は、相手のスキを注意深く探った。探りながら、再び威嚇の気合を放った。

「いえい……りゃあ」

和之丈は足の裏で、ドンと地面を打った。しかし、この計算は稚拙《ちせつ》に過ぎた。相手は武徳会二連覇の手練《てだれ》なのだ。子供騙《だま》しのような小手先業《こてさきわざ》が通じる筈もない。

（まずかったか……）

と思ったとき、攻者龍之進の剣（木刀）が、異様な風切音を発して眼前に迫っていた。

辛《かろ》うじて和之丈は上体を深く右へ捻り、切っ先で受けた。

切っ先と切っ先が激突し、鋼《はがね》でもないのに晴天下に青い火花が散る。

ビシンッという鈍い音が、呼吸《いき》を止めて見守る面面の耳に届いた。

双方の切っ先三寸ほどが弾き折れ、宙に高高と舞い上がる。

だが炯眼《けいがん》鋭く観察する長老審判**斎東忠次郎春信**の口からは、「待て……」の声は出なかった。

試合の継続に支障なし、と捉えたのだ。

双方は、反射的に五、六尺を飛び下《さ》がった。相手から逃《に》げ退《さ》がったのではない。構え改め、のために下《さ》がったのだ。剣法の闘法において『下《さ》がる』と『退《さ》がる』では、醜《みにく》さにおいて天と地ほどの違いが（開きが）ある。

（何たる成長……前回の対峙の時とはまるで異なる）

龍之進は**刃隠し**の構えを改めながら、和之丈が腕前を著《いちじる》しく成長させていることに驚いたが、動揺《どうよう》はなかった。

彼の視線が再び、〝敵〟の胸の中央に集中した。

と、〝敵〟は僅かな小股開きを取るや、豪快な大上段に身構えた。まるで背伸びをするような大上段だ。

今度は龍之進が、思わずムッとなった。和之丈の両腋《りようわき》が、わざとらしくスキだらけだったからである。御出《おいで》なさい、と言わんばかりに。

（誘《さそ》い水《みず》か……こしゃくな）

そう思いはしたが、龍之進は直ぐに冷静さを取り戻した。

「倒す……」

彼は呟いた。

と、その呟きが耳に届いたのかどうか、長老審判の表情が小さく動いた。そして長老審判の腰が微《かす》かに下がり、手にしていた鉄扇が目の高さに上がって静止。

龍之進が、ジリッと一歩を詰め、更にジリッと二歩を詰めた。

和之丈は引かない。顔は少し青ざめてはいるが引かない。それどころか、すり足で一歩を進めた。長老審判の喉仏が大きく上下し、その目がギラリと光る。

次の瞬間。

炎《ひ》の如く龍之進の肉体が跳《は》ね上がった。**刃隠し**の構えのまま相手に対して、ぐぐうっと上体が伸びてゆく。それはまさに獲物に対して、大蛇が**放たれた矢のように鎌首を**突っ込んでゆくそれだった。

電撃的なそれを見逃すまいと、長老審判の両眼《りようまなこ》が鉄扇の向こうで、くわっと見開かれる。

和之丈も逃げずに踏み込んだ。ぐいっと踏み込んだ。

捻《ひね》った龍之進の腰から、竜の眼光とも取れる**水返し寸止め**の閃光打が連続して、和之丈の肉体《からだ》を**撫《な》で打《う》つ**。

空気が裂かれ、竜の怒りの如く甲高《かんだか》く鋭く咆哮《ほうこう》。

「鷹野――」

それこそ雷電《らいでん》と化した長老審判の鉄扇が、勝者龍之進を指した。**水返し寸止めが和之丈の肉体《からだ》を撫《な》で打《う》つ**よりも、鉄扇の翻りの方が速いほどだった。

が、このとき殆ど同時に、予期せざる戦慄《せんりつ》と衝撃が見守る面面に襲いかかった。

ゴツンという鈍《にぶ》いはっきりとした音と、「ぎゃっ」という断末魔《だんまつま》の悲鳴が試合会場を覆《おお》ったのだ。

龍之進の側頭部から激しく血しぶきが舞いあがり、その体が仰向《あおむ》けに地面へと吸い込まれていく。実打、いや、激打姿勢のまま動きを止め、茫然《ぼうぜん》とする和之丈。

「手当てを……」

長老審判は大声で叫ぶや、身を翻して和之丈に歩み寄り、

「痴《し》れ者《もの》。何を致すかあ」

と和之丈を怒鳴りつけ、手にした鉄扇で二度、その肩を思い切り打《う》ち叩《たた》いた。

「お許し下さい、お許し下さい。体が……体が反射的に……反射的に動いてし

まいました」

和之丈はそう言うや、長老審判の足許に崩れるように伏して、「わあっ」と肩を震わせ泣き出した。

だが……その目からは一滴の涙もこぼれていなかった。

この恐ろしい試合結果を、試合会場の片隅で目立たぬよう小さくなって捉えた者がいた。試合を見守ることを武徳会から事前に許されていた鷹野家に長く勤める老中間《ちゅうげん》の**義平**《ぎへい》であった。

(た、大変だ……)

義平《ぎへい》は顔面蒼白《そうはく》となって天幕の外へ飛び出すと、屋敷に向かって駆け出した。

見覚えのある後ろ姿の侍が、直ぐ前を走っていた。

義平は追いついて乱れた息《いき》の下から声を掛けた。

「船本《ふなもと》様……」

龍之進の供をして試合会場に来ていた、若い家臣の内の一人だった。

「お屋敷へは私が報《し》らせます。船本様は御殿様《おとのさま》のお傍に……」

老中間の義平が今にも泣き出しそうな顔で言うと、船本なる若い侍は頷いて試合会場の方へ駆け戻っていった。

四

　鷹野家は和《なご》やかな雰囲気のなかにあった。誰もが御殿様（九郎龍之進）の武徳会剣術試合での勝利を信じて疑わなかった。なにしろ、御殿様は前回も前前回も圧倒的な勝利を収めているのだ。

　美咲と沙百合（九郎龍之進の妻）の二人は、六枚障子《しょうじ》を開け放った日当たりの良い書院で若い侍女《じじょ》に手伝わせて花を生けていた。龍之進の勝利の宴《うたげ》を、この書院で行なう心積もりであった。

「そろそろ試合の終わる頃でございましょうか義母上様《ははうえ》」

「御殿様が一撃のもとに相手を倒せば、もう決着のつく頃でしょう。じゃが噂《うわさ》では、前回の試合で簡単に倒された相手は、今日に備えて猛稽古《もうげいこ》を重ねていたと言います」

「まさか御殿様が敗れるようなことは……」

「それはありますまい。御殿様は剣の神の血筋《ちすじ》を受け継いでいましょうから」

「え？……剣の神の血筋……でございますか」

「これこれ、そのようにキョトンとしていると、手元が乱れますよ。お花に心を集中しなされ」

「あ、はい。申し訳ありませぬ」

「山吹の花を、もう少し手前に傾けて御覧なさい」

「こう……でございますか。あ、隣の紫の花がパッと輝きました」

「ほんの少しの配慮で、花はそのように喜ぶものです」

「左様でございますこと……ほんに、綺麗《きれい》」

「武家の茶の湯にも、酒飯にも、生花《いけばな》は似合うものです。但《ただ》し生ける側の心が澄《す》み輝《かがや》いていなければなりませぬ」

「はい、義母上《ははうえ》様……」

「生花の厳《おごそ》かな様式美の**原型**と申すのは、仏前供養《くよう》の供花を心から大事とした奈良時代に生まれたことは、お教え致しましたね」

「確《しっか》りと教わりましてございます」

「生花の基本、つまり**たてはな**（立花《りっか》）の成立というものにご尽力《じんりょく》下されたのは、歴史上名高い**花の御所**を営まれた足利《あしかが》幕府（室町《むろまち》幕府）三代将軍**義満《よしみつ》**様であることを決して忘れてはなりませぬよ」

「心得てございます母上様。足利義満様の豪華にして絢爛《けんらん》たる**七夕花合《たなばたはなあわせ》**の催《もよお》しこそが、生花技術の修練を高めたものと認識してございます」

「その通りじゃ。義満様は**足利奉公衆**と称する**五部隊**から成る強力な将軍直轄部隊（総勢三〇〇〇騎）を創設なされ、盤石《ばんじゃく》の幕府体制を調《ととの》えられた**武《ぶ》の御方《おかた》**じゃが、豊かな芸術的教養に恵まれた御人《おひと》でもあられた」

「はい……」

「義満様の権力欲、征服欲が激しかったからこそ、**花の道**（華道）は廃《すた》れることなく今日《こんにち》まで発展し続けたと申せるかもしれませぬ」

「私《わたくし》もそう思いまする義母上《ははうえ》様。義満様は**幕府将軍としては**初めて**太政大臣《だじょうだいじん》**という高い位に昇られた御方《おかた》でございます。**武家としては**、平清盛《たいらのきよもり》様に次ぐ**お二人めですけれど……**」

「そうですね。義満様の御正室**日野康子《ひのやすこ》**様も、幼児期に**武家伝奏《ぶけてんそう》**日野資教《ひのすけのり》邸で養育された**後小松天皇**《ごこまつ》の准母《じゅんぼ》として入内《じゅだい》（内裏《だいり》に入ること）なされ、准三后《じゅんさんごう》・従《じゅ》一位《いちい》**北山院**《きたやまいん》と称されるようになられました。こうした歴史上の人事が生花の発展に深くかかわっていることを華道に勤《いそ》しむ者は見失ってはなりませぬ」

「はい。心に深くとめて忘れないように致します。血筋すぐれたる日野康子様は、物の書によりますれば、武家の間でも庶民の間でも、大層評判が宜しかったようでございますね。もっとも背後に強力な幕府将軍が控えていたからかも知れませぬが」

「いえいえ。日野康子様はお血筋はもとよりですけれど、お人柄におかれても、教養学問におかれても、人間としてのお姿におかれても、**騙り**《かた》や**詐り**《いつわ》や**口舌の徒**《こうぜつ》《と》では決してない、**真実の御方**《しんじつ》《おかた》であられたに相違《そうい》ありませぬ。だからこそ宮中《きゅうちゅう》にお入りになることが出来たのです」

「左様でございましょうね。若《も》しも万が一、黒い小さな**汚点**を宮中《きゅうちゅう》に紛《まぎ》れ込むことを許してしまえば、その黒い**汚点**がたとえどれほど小さくとも、何十年、何百年、何千年と続く**宮中の歴史の中**で、シミとしての波紋は確実に生き残ってゆきましょうから……醜《みにく》い波紋として」

「この私《わたくし》も沙百合殿も、よき御殿様《おとのさま》や家族、家臣に恵まれて真《まこと》に幸せじゃな。そうは思いませぬか沙百合殿」

「私《わたくし》は御殿様と巡《めぐ》り会《あ》えて妻となりましたことを誇りに思うと同時に、これ程の幸せはないと一日一日を充実して過ごさせて戴いております。また、義母《はは》上《うえ》様と義理の仲とは申せ〝親子〟になれましたることを、我が人生で最も大きく大切な財産であると思い義母《はは》上《うえ》様を敬《うやも》うてございます」

「私《わたくし》も其方《そなた》を実の娘と思うておりますよ。これからも仲良くこの鷹野家を支えて……」

美咲がやさしく目を細めてそこまで言った時だった。表御門の方角から只《ただ》ならぬ騒ぎが伝わってきて、それが若い侍女を含めた三人の耳に届いた。

「義母《はは》上《うえ》様。ひょっとすると御殿様が勝利なされて……」

と、沙百合が立ち上がりかけると、美咲は落ち着いた表情で首を横に振った。

「この騒がしさは、御殿様の剣術試合にかかわり無き事かも知れぬ。お栄《えい》や、ちょっと玄関へ出て様子を見て来なされ」

「はい。大奥様……」

美咲に命ぜられた若い侍女が、書院から出ていった。

美咲は少しも慌てなかった。心底から愛する息《そく》の勝利を確信していたから。

だが沙百合の気持は、いやな感じに覆《おお》われ出していた。何やら不気味な影が広縁伝いにこの書院へ近付きつつあるかのような予感があった。

そしてその予感が、早足で広縁をこちらへと近付いてきた。

沙百合は呼吸《いき》を殺した。背中が痛いほど硬直していた。

「大変でございます大奥様、奥方様……」

侍女お栄が顔色を変え書院を前にしてぺたんと腰を落とした。美咲の目にも沙百合の目にも、お栄の小柄な体がぶるぶると震えているのがはっきりと窺《うかが》えた。

漸《ようや》く美咲の表情が硬くなった。

「いかが致したお栄。落ち着きなされ」

「御殿様が……御殿様が大怪我《おおけが》をなされたとただ今、中間《ちゅうげん》の義平さんが報《し》らせに戻られました」

「な、なんと……」

「御殿様は剣術の試合には勝利なされたそうでございます。なれど審判が勝利の扇子（鉄扇）を御殿様へ指し示した直後、相手が襲い掛かったそうでございます」

「おのれ卑劣《ひれつ》な。相手は確か小普請組《こぶしんぐみ》旗本七百石**信河**家の倅《せがれ》、**和之丈高行**であったな」

「は、はい。左様にございます。御殿様は間もなく当屋敷へ運ばれてくるとのことでございます」

「お栄。外科に秀《すぐ》れたる**矢崎洋山**《やざきようざん》先生はこの屋敷から近い。直《す》ぐに足の速い誰ぞを走らせ、急ぎ来て戴《いただ》くよう丁重《ていちょう》にお願いするのじゃ」

「畏《かしこ》まりました」

若い侍女お栄が身を翻《ひるがえ》すようにして書院の前から離れると、美咲は「沙百合殿……」と嫁を促《うなが》して静かに立ち上がった。

沙百合は、今にも泣き出しそうな青ざめた顔で腰を上げ、少しよろめいた。

「確《しっか》りしなされ。其方《そなた》は六百石鷹野家の当主の妻じゃ。武士が刀や木刀を手に試合をすれば必ずどちらかが傷つき、あるいは共に倒れよう」

「な、なれど義母上様《ははうえさま》……」

「剣術の試合における負傷は、罪には問われぬ。が、明らかな違反が相手にあれば、それはまた別の話となる。審判の先生がどのように判断なさるか、冷静にそれを待ちましょうぞ」

「けれども義母上《ははうえ》様。御殿様は……御殿様は大怪我だとか」

「二人の目で確かめるまでは、うろたえてはなりませぬ。さ、玄関先で運ばれてくる御殿様を二人でお待ち致しましょう」

美咲は沙百合の肩にやさしく手を置いてやってから、ゆっくりとした歩みで書院を出た。

玄関の方角が、先程とは比較にならぬ程の騒ぎとなったのは、この時だった。

「御殿様、御殿様……」という家臣たちの取り乱した叫びや、「早く大奥様と奥方様を……」という侍女たちの悲鳴。

龍之進が運び込まれて来たのだ。

「沙百合殿、急ぎましょう」

美咲はそう言うと、広縁を『客の間』『伺候《しこう》の間』『武具の間』と過ぎて玄関へと急いだ。

運び込まれた龍之進は、大勢の家臣に取り囲まれ、六畳大の拵《こしら》えとなっている式台の上に横たわっていた。

式台の先には龍之進を運んできた戸板が、血溜りをつくって放置されている。

「どきなされ……」

美咲の一言で、龍之進を囲む家臣たちの輪が広がった。

美咲と沙百合は、輪の中に入っていった。

龍之進の〝枕元の位置〟に片膝をついていた身形《みなり》正しい老人が立ち上がって、美咲と沙百合に「試合に立ち会っていた医師の石宮《いしのみや》雨道《うどう》でございます」と名乗って一礼し下がった。

美咲と沙百合は、龍之進の傍《そば》に腰を下ろそうとした。

しかし、それは叶《かな》わなかった。

「きゃあっ」という甲高《かんだか》い悲鳴を、なんと沙百合ではなく美咲が発して、卒倒しかかったのだ。

それを危うく支えたのは、沙百合であった。

「義母《はは》上《うえ》様、義母《はは》上《うえ》様、気をお確かに……」

「先生……石宮《いしのみや》先生……あれは……あれは何なのです」

美咲は激しく震える指で、ぴくりとも動かぬ龍之進の血まみれの側頭部を指して、甲高く絶叫した。

石宮《いしのみや》雨道が苦《くる》し気《げ》に顔を歪《ゆが》め、ぼそりと言った。

「激しく強く打たれた側頭部が割裂《かつれつ》して、そこから頭蓋《ずがい》内部に納まっていなければならぬ軟物《なんもつ》（脳みそ）が、漏《も》れ出て……」

「ならば早く……早く元に……早く元にして下され」

石宮雨道の言葉が終わるのを待たず、美咲は沙百合を振り切って医師に摑《つか》みかかろうとした。それを背後から沙百合が懸命に抑えた。

「義母上《ははうえ》様、義母上《ははうえ》様……おさえて……おさえて下さりませ」

「ええい、放せ沙百合……」

美咲は振り向いてはったと沙百合を睨《ね》めつけるや平手打ちを放って、式台から『玄関の間』へと駆け上がった。義母《はは》の帯、袂《たもと》を摑んでいた沙百合が引きずられ、三段の階段の手前で転倒した。

髪を着物を乱しに乱して、目を血走らせ、もはや尋常《じんじょう》な美咲ではなかった。

美咲は『玄関の間』に隣接する『武具の間』へわめきながら走り込むや、鴨《かも》居《い》に掛かっていた薙刀《なぎなた》を摑み取り、鞘袋《さやぶくろ》を振り払って玄関へ飛び出した。

「あ、何をなされます義母上《ははうえ》様……」

薙刀を手に眦《まなじり》を吊《つ》り上げる美咲の腰に、沙百合は夢中でしがみ付いた。

「信河《しながわ》家へ討ち入るのじゃ。和之丈高行を討ち取るのじゃ」

「なりませぬ義母上《ははうえ》様。なりませぬ義母上《ははうえ》様。今はまだいけませぬ。今はまだいけませぬ」

「おのれ、邪魔を致すか」

「皆の者、何をしておる。義母上《ははうえ》様をお止めするのじゃ。義母上《ははうえ》様を抑えるのじゃ」

必死で美咲にしがみ付いて離れぬ沙百合の叫びで、漸《よう》く家臣たちは血相を変えて美咲を抑えにかかった。

美咲の目からは、大粒の涙がこぼれ落ちていた。

（『夢と知りせば〈二〉』に続く）

「門田泰明時代劇場」刊行リスト

ひぐらし武士道
『大江戸剣花帳』（上・下）
徳間文庫　平成十六年十月
光文社文庫　平成二十四年十一月
徳間文庫（新装版）　令和二年一月

ぜえろく武士道覚書
『斬りて候』（上・下）
光文社文庫　平成十七年十二月
徳間文庫　令和二年十一月

ぜえろく武士道覚書
『一閃なり』（上）
光文社文庫　平成十九年五月

ぜえろく武士道覚書
『一閃なり』（下）
光文社文庫　平成二十年五月
徳間文庫　令和三年五月
（上・中・下三巻に再編集して刊行）

浮世絵宗次日月抄
『命賭け候』
徳間書店　平成二十年二月
徳間文庫　平成二十一年三月
祥伝社文庫　平成二十七年十一月
（加筆修正等を施し、特別書下ろし作品を収録して『特別改訂版』として刊行）

ぜえろく武士道覚書
『討ちて候』（上・下）
祥伝社文庫　平成二十二年五月
徳間文庫　令和三年七月

浮世絵宗次日月抄
『冗談じゃねえや』
徳間文庫　平成二十二年十一月
光文社文庫　平成二十六年十二月
（加筆修正等を施し、特別書下ろし作品を収録して『特別改訂版』として刊行）
祥伝社文庫　令和三年十二月
（上・下二巻に再編集して刊行）

浮世絵宗次日月抄
『任せなせえ』　光文社文庫　平成二十三年六月
　祥伝社文庫　令和四年二月
（上・下二巻に再編集し、特別書下ろし作品を収録して刊行）

浮世絵宗次日月抄
『秘剣 双ツ竜』　祥伝社文庫　平成二十四年四月

浮世絵宗次日月抄
『奥傳 夢千鳥』　光文社文庫　平成二十四年六月

浮世絵宗次日月抄
『半斬ノ蝶』（上）　祥伝社文庫　平成二十五年三月

浮世絵宗次日月抄
『半斬ノ蝶』（下）　祥伝社文庫　平成二十五年十月

浮世絵宗次日月抄
『夢剣 霞ざくら』　光文社文庫　平成二十五年九月

拵屋銀次郎半畳記
『無外流 雷がえし』（上）　徳間文庫　平成二十五年十一月

拵屋銀次郎半畳記
『無外流 雷がえし』（下）　徳間文庫　平成二十六年三月

浮世絵宗次日月抄
『汝 薫るが如し』　光文社文庫　平成二十六年十二月
（特別書下ろし作品を収録）

浮世絵宗次日月抄
『皇帝の剣』（上・下）　祥伝社文庫　平成二十七年十一月
（特別書下ろし作品を収録）

拵屋銀次郎半畳記
『俠客』（一）　徳間文庫　平成二十九年一月

浮世絵宗次日月抄
『天華の剣』（上・下）　光文社文庫　平成二十九年二月

拵屋銀次郎半畳記
『俠客』（二）　徳間文庫　平成二十九年六月

拵屋銀次郎半畳記
『俠客』（三）　徳間文庫　平成三十年一月

浮世絵宗次日月抄
『汝よさらば』（一）　祥伝社文庫　平成三十年三月

拵屋銀次郎半畳記
『俠客』（四）　徳間文庫　平成三十年八月

浮世絵宗次日月抄
『汝よさらば』（二）　祥伝社文庫　平成三十一年三月

拵屋銀次郎半畳記
『俠客』（五）　徳間文庫　令和元年五月

浮世絵宗次日月抄
『汝よさらば』（三）　祥伝社文庫　令和元年十月

『黄昏坂七人斬り』　徳間文庫　令和二年五月

拵屋銀次郎半畳記
『汝 想いて斬』（一）　徳間文庫　令和二年七月

浮世絵宗次日月抄
『汝よさらば』（四）　祥伝社文庫　令和二年九月

拵屋銀次郎半畳記
『汝 想いて斬』（二）　徳間文庫　令和三年三月

浮世絵宗次日月抄
『汝よさらば』（五）　祥伝社文庫　令和三年八月

本書は平成二十三年に光文社より刊行された『任せなせえ　浮世絵宗次日月抄』を上・下二巻に再編集し、著者が刊行に際し加筆修正したものです。

『夢と知りせば〈一〉』は書下ろしです。

任せなせえ（上）

一〇〇字書評

切り取り線

購買動機（新聞、雑誌名を記入するか、あるいは○をつけてください）	
□（　　　　　　　　　　　）の広告を見て	
□（　　　　　　　　　　　）の書評を見て	
□ 知人のすすめで	□ タイトルに惹かれて
□ カバーが良かったから	□ 内容が面白そうだから
□ 好きな作家だから	□ 好きな分野の本だから

・最近、最も感銘を受けた作品名をお書き下さい

・あなたのお好きな作家名をお書き下さい

・その他、ご要望がありましたらお書き下さい

住所	〒				
氏名		職業		年齢	
Eメール	※携帯には配信できません	新刊情報等のメール配信を 希望する・しない			

この本の感想を、編集部までお寄せいただけたらありがたく存じます。今後の企画の参考にさせていただきます。Eメールでも結構です。

いただいた「一〇〇字書評」は、新聞・雑誌等に紹介させていただくことがあります。その場合はお礼として特製図書カードを差し上げます。

前ページの原稿用紙に書評をお書きの上、切り取り、左記までお送り下さい。宛先の住所は不要です。

なお、ご記入いただいたお名前、ご住所等は、書評紹介の事前了解、謝礼のお届けのためだけに利用し、そのほかの目的のために利用することはありません。

〒一〇一 - 八七〇一
祥伝社文庫編集長　清水寿明
電話　〇三（三二六五）二〇八〇

祥伝社ホームページの「ブックレビュー」からも、書き込めます。

www.shodensha.co.jp/
bookreview

祥伝社文庫

任《まか》せなせえ（上）新刻改訂版《しんこくかいていばん》　浮世絵《うきよえ》宗次《そうじ》日月 抄《じつげつしょう》

令和 4 年 2 月 20 日　初版第 1 刷発行

著　者　門田泰明《かどたやすあき》
発行者　辻　浩明
発行所　祥伝社《しょうでんしゃ》
東京都千代田区神田神保町 3-3
〒 101-8701
電話　03（3265）2081（販売部）
電話　03（3265）2080（編集部）
電話　03（3265）3622（業務部）
www.shodensha.co.jp
印刷所　萩原印刷
製本所　ナショナル製本
カバーフォーマットデザイン　かとうみつひこ

Printed in Japan ©2022, Yasuaki Kadota　ISBN978-4-396-34792-5 C0193

祥伝社文庫　今月の新刊

南　英男
超法規捜査　突撃警部

シングルマザーが拉致殺害された。捜査を進めると、事件の背後に現代の悪の縮図が。唾棄すべき真相に特捜警部真崎航の怒りが爆発！

小杉健治
死者の威嚇《いかく》

身元不明の白骨死体は、関東大震災で起きた惨劇の爪痕なのか？　それとも——震災からまもなく一〇〇年。歴史ミステリーの傑作！

門田泰明
任せなせえ（上）　新刻改訂版　浮世絵宗次日月抄

卑劣侍の凶刃から公家の息女高子を救った宗次は、彼女を匿うが——相次ぐ辻斬り、上方暗殺集団の影……天下騒乱が巻き起こる！

門田泰明
任せなせえ（下）　新刻改訂版　浮世絵宗次日月抄

町人旅姿の宗次は単身、京へ。公家宮小路家の名を出した途端、誰もが口を閉ざした。古都の禁忌に宗次が切り込む！

長谷川　卓
狐森《きつねもり》　雨乞《あまごい》の左右吉《そうきち》捕物話

下っ引の左右吉は、旧友の豊松を探していた。女絡みで金に困り、店の売上を盗んだらしい。探索すると、次々と暗い繋がりが発覚し——。